# 無敵聖女のてくてく異世界歩き

ハピエルド
黒竜王の侵略から異世界ルーテルを守る勇者で、緑髪のイケメン。俺様な性格で口が悪いが、心優しいところも。
トモエ
生まれつき前髪の一部が紫色。普段は黒く染めて、OLとして働いている。先日祖母を亡くし、遺品整理中に、異世界にトリップしてしまった。しかも聖女と認定され、勇者と共に旅に出ることになって——？
登場人物紹介

黒竜王
ルーテルと
対《つい》になる世界
ラーテルから来る
黒竜族の王。
空飛ぶ城で
ルーテルを回り、
侵略を
企てている。
案内係
黒竜王の城で
案内役を
務める女性。
神官
神殿を守る神職者。
姿かたちがそっくりな
兄弟がたくさんいる。
チビ
全身赤い鱗に
覆われた
子供の火竜。
ラキトス
白髪まじりの紫色の髪を持つ、
先代の勇者。
トモエに似ている誰かを
知っているらしく……

# 1

先日、母方の祖母の四十九日が済んだ。

一区切りがついたことで、私、剣崎巴《けんざきともえ》は祖母の家に遺品整理をしにやってきた。今日、明日の土曜、日曜ですべてを終わらせるつもりでいる。会社の人には有給を取ったらいいと言われたけれど、私はまだ社会人一年目の二十二歳。そう簡単には仕事を休めない。

私にこの任務を託したのは、祖母の一人娘である母だ。母は父と一緒に海外に住んでいて、孫も私一人だけ。

母は四十九日の法事が終わるやいなや、私にすべてを任せた。

『巴、遺品整理をお願いね。母屋《おもや》はほとんど片付いてるし、あとは一人でも大丈夫でしょう？　残しておきたいものには目印の赤い紙を貼っておいて。それ以外は不要なものとして、後日業者の人が引き取りに来てくれるから。じゃあ、後は任せたわよ』

母はそう言い残して、父と一緒に日本を発《た》ったのだった。

私はその時のことを思い出し、ため息をつく。

「後は任せる……ねぇ」

我《わ》が両親ながら素っ気なさすぎる。

しかも母は、祖母の家があるこの土地の買い手を、もう見つけたらしい。

両親はほとんど日本にいないし、祖母も『自分の死んだ後、この家は処分してほしい』と遺言を残していた。家を壊して土地を売ること自体は、私も納得している。

とはいえ、母にとっては生まれ育った場所で、私にとっても祖母との思い出が詰まった家だ。

四十九日が済んですぐに売りに出すなんて、母は薄情なのでは、と複雑な気持ちでいる。

故人を偲《しの》ぶためにもう少し置いておく、という選択肢はないのだろうか。しかも家の整理を私に丸投げするというのは、いかがなものか。

恨《うら》み節《ぶし》はあるけれど、母が自分で祖母の遺品を整理しない理由はわかっている。

母と祖母は、あまり仲がよくなかった。父も折り合いが悪く、この義実家に近寄ろうとしない。

でも私は祖母が大好きだった。父方の祖父母は早くに亡くなったので、私にとって母方の祖母が唯一のおばあちゃん。

両親が仕事で海外に行くと言った時、日本に残ることにしたのも祖母がいたからだ。中学校を卒業し、高校を出て大学に進学するまで、私はここで祖母と暮らした。この家での思い出はたくさんある。

祖母は不思議な人だった。

今時珍しく、和服を普段着としていて、一見古風でおしとやかな雰囲気。けれど、本当はとても気が強くて、言いたいことをハッキリ言うタイプだ。

それに薙刀《なぎなた》と剣道の達人で、若い頃は道場で人に教えていたこともある。その影響で、私も高校を卒業するまでは剣道をやっていた。この家の庭でよく稽古《けいこ》をつけてもらったものだ。

さらには時々思いがけないことを言い出す、お茶目《ちゃめ》な人だった。

印象深かったのは、私が夏休みに剣道の稽古《けいこ》をサボった時のこと。こっそり友達に借りたゲームで遊んでいるところを、祖母に見つかったのだ。

てっきり叱られるかと思ったのに、祖母はゲームの画面を見て、尋ねてきた。

「これはどんなゲームなの？」

「冒険者になって鍛《きた》えながら、勇者や魔法使いと一緒に、悪い竜や魔王を倒しに行くんだよ」

ありきたりなＲＰＧの概要を説明すると、祖母は穏やかに笑った。

「へぇ、勇者……竜。懐《なつ》かしいねぇ。私も久しぶりに冒険に出たいわ」

祖母も昔、ゲームをやったことがあったのかな。そういうイメージはなくて、意外だった。

そういえば、親戚のおじさんや近所のお年寄りから聞いたところによると、祖母は今の私と同じくらいの年の頃に『神隠し』にあったらしい。

祖父との婚約が決まった数日後、家から一歩も出ていないのに忽然《こつぜん》と姿を消したという。たくさんの人と警察が捜したにもかかわらず、祖母は長い間見つからなかった。当時、家には家族がいたし、消える直前まで普通に過ごしていて、身の回りのものや履物《はきもの》もそのまま。

現場の様子を見る限り、誘拐《ゆうかい》されたわけでもなさそう。けれど、家出や行方《ゆくえ》不明と言うには不可解な消え方だった。そのため『神隠し』としか言いようがなかったんだとか。

でも一年ほど経った頃、祖母はこの家の蔵から酷く疲れ果てた様子で出てきたという。もちろん蔵の中は隅々まで皆が探したのだから、ずっと隠れていたということはないはず。

その間どうしていたかとどれだけ尋ねても、祖母は『遠くに行っていた』としか語らなかったそうだ。

私が聞いても祖母は『どうだったかね』とはぐらかして、何一つ教えてくれない。

そんなミステリアスな雰囲気も含めて、祖母のことが好きだった。七十歳だったから、まだしばらくの間——私が結婚する頃までは元気でいてくれると思ってたのに、病気であっさり逝《い》ってしまった。

母はあてにならないし、私がこの世に祖母のいた証《あかし》を少しでも残さないと。

汚れても大丈夫で動きやすいジャージに着替えた私は、気合いを入れて遺品の整理を始めた。

私は仕事の都合で、ここから少し離れた町にマンションを借りて一人で住んでいる。部屋は狭いから持って帰れる量は限られるし、これぞというものに絞《しぼ》らないと。

ありがたいことに、母屋《おもや》はすでにほぼ片付いている。目ぼしいものは親戚や近所の人に形見として持って帰ってもらったからだ。

私が残したいものは、祖母が大事にしていた亡き祖父の写真や、お気に入りだった縁側の籐椅子《とういす》など。それら数点に、目印の赤い紙を貼る。

そういえば、祖母はなんにでも愛称をつける癖があった。人だけでなく、湯呑みやお箸《はし》にまで愛称をつけていたのだ。ちなみに祖父のことは『キイさん』、籐椅子《とういす》のことは『おフジさん』と呼んでいた。

愛称をつける理由を聞いたら、祖母は『大事なものに呼び名があると、一層愛着が湧くじゃない』と笑った。

そんな祖母の影響で、私もひそかにペンやパソコンに愛称をつけていたりする。

それはさておき、母屋《おもや》の確認は完了。後は、この母屋《おもや》の裏手にある土蔵だ。

一応旧家の蔵なので、祖母が健在の頃から『お宝があるかもしれないから見せてくれ』と言う人がいた。けれど、なぜか祖母は誰も蔵に近づかせなかった。

祖母が鍵を預けてくれたから、私は自由に出入りできる。でもなんとなく怖くて、私は蔵に入ったことがない。母ですら怖がり、入ったことがないらしい。

正直気乗りはしないけれど、壊されてしまうのだ。少しでも様子を見ておかないと。それに、祖母が蔵に人を近づかせなかったのは、大事なものがしまってあるからかもしれない。

私は重い鉄の鍵と懐中電灯を握りしめて、蔵の前に立った。

この蔵から『神隠し』にあった祖母が出てきたことを思い出し、少し緊張する。黒光りする大きな南京錠《なんきんじょう》に鍵を差し込むと、錠はガチャッ、と重厚な音を立てた。

その時、突然私の前髪がなびいて、チカッと光った気がした。そして視界に紫色が飛び込んでくる。

「あれ？　この前染めたばかりなのに――」

頭も容姿もごくごく普通の私だけど、一つだけ他の人とは違うところがある。それは家族だけの秘密。

不思議なことに、子供の頃から前髪のほんの一部だけ、メッシュが入っているように髪の色が違うのだ。これが金髪や茶髪、白髪ならまだ納得がいくのに、なぜか明るい紫という、変わった色。かなり特殊ではあるけれど、母も髪の一部に同じような色の毛束があるから、遺伝なのは明らかだ。とはいえ結構目立つので、幼い頃からずっと毛染めで隠している。

前回染めてからそんなに経っておらず、まだ色が落ちるには早いのに——

そう思って前髪をつまむと、色は変わっておらず、黒いままだった。さっきのは、気のせいだろうか。

私は気を取り直して、重くて分厚い蔵の扉を開ける。

何かを守るような扉の向こうは、薄暗い空間が広がっていた。

壁の上方にある格子《こうし》付きの小窓以外から光が入らないせいで、空気はひんやりしている。

天井からは小さな裸電球がぶら下がっていて、ホッとした。懐中電灯だけでは心もとないと思っていたのだ。蔵に入ってすぐの壁にあるスイッチを押し、電気をつける。気休め程度の明るさだけれど、なんとか全体が見えた。

白熱電球に照らされた蔵の中を見渡すと、思いの外整理されている。

なんだ、別に怖くないじゃない。

まるで博物館のような印象だ。昔の農耕具や手箕《てみ》、大きな壺《つぼ》、鉄の金具の時代箪笥《じだいだんす》など、時代を感じる代物《しろもの》ばかりが並んでいた。特に時代箪笥《じだいだんす》は、味があってカッコイイ。

見る人が見れば、骨董《こっとう》として価値があるものなのかもしれない。でも私にはよくわからないから、業者の人に任せるのがいいだろう。

少し気に入った箪笥《たんす》にだけ赤い紙を貼って、奥へ向かう。

蔵の奥には中二階《ちゅうにかい》への梯子《はしご》があり、上にも何か置いてあるのが見える。

梯子《はしご》を上《のぼ》ってみると、中二階《ちゅうにかい》はこぢんまりした部屋みたいになっていた。床の一部に畳が敷かれていて、まるで隠れ家のよう。

こんなにいいところがあったんだ。もっと早く入ってみればよかったかも。

そんな後悔をしつつ、中二階《ちゅうにかい》のものを見て回る。

すると最奥に、浅いけれど大きな木の箱があった。蓋《ふた》付きの、古びた大きな箱。材質はおそらく桐《きり》。衣装箱だろうか。

祖母は日常的に着物を着ていて、母屋《おもや》の箪笥《たんす》にはたくさん着物が入っていた。母屋《おもや》のものは、どれもそう高価なものではなかったと思う。色味も柄も地味なのばかりだったし。でもこの衣装箱はとても大事なものが入っていそうな雰囲気だ。

「おばあちゃんの若い頃の可愛い着物が入ってる、とか?」

そんなことを呟《つぶや》きながら衣装箱の蓋《ふた》に手をかけて、ふと気付いた。

箱の蓋《ふた》と本体を繋ぐように小さな紙切れが貼ってある。まるで何かを封印するかのように。

御札?――違う。紙切れには、見慣れた少し特徴のある手書きの文字があった。祖母の字だ。

『開放厳禁』

これはなんだか怪《あや》しい。婚礼衣装が入っているとか？　それとも、誰にも秘密で買った着物？　開けるなと言われると余計開けたくなるのが人間というものだ。

それに私の役目は遺品整理。中身を確認しないと、どうするか判断できない。

「おばあちゃんゴメン、開けちゃうよ」

私は天国の祖母に謝ると、紙を剥《は》がし、衣装箱の蓋《ふた》をそっと持ち上げる。

中は……

「あれ？」

空《から》っぽ？　何も見えない。懐中電灯で照らしてもただ暗いだけで、底も見えない。

思わず少し顔を突っ込んでみたけれど、やっぱり何も見えなくて……ん？　ちょっと待って。

この箱は浅くて、せいぜい三十センチほどだった。それなのに、ものすごく深くない？　私の体、肩まで入っちゃってるんじゃないか？　どうなっているんだろう？

そう思った時——再び、私の前髪が光った気がした。そして次の瞬間、箱の中にものすごい力で引き寄せられた。

「えっ？」

ナニコレ!?　吸い込まれるっ！

とんでもなく大きな掃除機に吸われるかのような感覚に襲われ、私は慌てて箱から体を出そうとする。しかし、強い力が私の全身を箱の中に引きずり込んだ。

「きゃあああ————！」

箱の中に入ってしまったと思ったら、落ちてる？　耳元で風がびゅうびゅう鳴り、ぞっとする。

何がどうなってるのよコレ？

開放厳禁……確かに開けちゃいけなかったのかも。

注意書きは守った方がよかったな。そんなことを思いながら、私はものすごい勢いで暗い闇の中に落ちて行く。

——どのくらい落ちただろう。

気が遠くなって、私は意識を手放した。意識を失う間際、闇の底で大きな扉が開くのが見えて、そこを潜《くぐ》ったような気がした。


目が覚めると、落下の感覚はなくなっていた。

随分と長い間落ちていたはずだから、落下の衝撃は強かったのではと思うのだけど、別段どこも痛くない。おかしい。——もしかして、私は死んだのだろうか。

いやいやいや。そもそも衣装箱を開けて覗《のぞ》き込んだら吸い込まれて……という状況がおかしい。

ひょっとしたら遺品整理中に私は昼寝してしまい、おかしな夢でも見ているのかな。

きっとそうだ。そうであってほしい。こんなふうに夢で状況を分析するなんて不思議な気もするけど……

そーっと目を開けると、意外にも明るかった。

うつ伏せに倒れていた私の目に入ったのは、つやつやの石の床。明らかに祖母の家の蔵でも、母《おも》屋《や》でもない。ましてや自分の住んでいるマンションでもない。

手をついて身を起こしてみる。妙に体が軽くて違和感はあるものの、普通に起き上がれた。

辺りを見回すと、今まで見たこともない幻想的な空間だった。

床は磨きあげたようにピカピカ。でも、壁や高い天井は、床とは不釣り合いなほどゴツゴツしていて、自然のままという感じ。

天井に至っては、つららみたいな石がたくさん垂れ下がっていて、鍾乳洞《しょうにゅうどう》のようだ。それらすべてが水晶みたいに、透《す》き通っていて、淡く光って見える。照明がないのに明るいのはそのせいかな。

なんて綺麗なんだろう……って、うっとりしてる場合じゃない！

「ここ、どこよ？」

とりあえず、天国という雰囲気ではない。洞窟《どうくつ》？

鏡みたいにつやつやな床に映る私の顔は見慣れたもので、服装は蔵に入った時と同じ上下ジャージ。一つ違うところといえば、染めたはずの紫の髪がなぜか顕《あらわ》になっていることくらい。

一応お約束で頬をつねってみた。結構痛い。

「えーっと……」

頭が真っ白でよく考えられない。しばらく座り込んでぼうっとしていたけれど、足やお尻が冷えてきたので、立ち上がった。そして、少し周りを見てみようと、歩きはじめる。

その空間は、長細く続いていた。やっぱり洞窟《どうくつ》なのかもしれない。

どこかに出口はないかな。誰か他に人はいないのだろうか。

信じられない状況に陥《おちい》っているわりには、自分でも呆れるほど私は冷静だった。現実味がなさすぎて、自分のことだと思えない。

それにしても体が軽い。歩いていると、まるで弾むかのようだ。

試しにスキップしてみたら、ふわんふわんといつもの倍くらい体が跳ねる。それにまったく疲れない。

「やだ、面白い」

まるで月面着陸した宇宙飛行士の歩き方みたい。

なんだかすっかり楽しくなってしまい、私は明るく輝く通路をスキップで進んだ。

時折軽くジャンプしてみたら、これも尋常でない高さまで跳べる。天井からぶら下がるつららみたいな岩にだって届く。岩は叩くとピアノみたいないい音が鳴った。

これまた面白くて、私は夢中になってぴょんぴょん跳ねては音を鳴らす。

それから、音を奏《かな》でながら光る通路をしばらく進むと、突然行き止まりになった。

いや、行き止まりじゃない。

突き当たりだと思ったところには、虹色に輝く幕のようなものがぶら下がっていた。それはオーロラみたいな不思議な煌《きら》めきを放ちながら、かすかに揺れている。

風が吹いているのだろうか？　幕の向こうには、先があるのかな。

出口かもしれない。期待をこめて、私は虹色の幕に手を伸ばしたのだけど——

「えっ……!?」

布みたいに見えたのに、掴めない。それどころか指先はものに触れた感触もなく、すり抜けてしまった。あ、もしかして幕じゃなくて光なのかな。

そうだ。指がすり抜けるということは、全身も抜けられるのでは？

衣装箱に吸い込まれたり、落ちたり、異常なほど跳べたりと、すでにいろいろあったのだ。今更何を躊躇《ちゅうちょ》することがあろうか。

「えいっ！」

ぎゅっと目を閉じて虹色の光の幕に飛び込む。同時に、耳元でシャランとハープをかき鳴らしたみたいな音が聞こえた。

目を開けると、祖母の家の蔵に戻って……ないね。

「残念」

狭くて細長かった通路と違い、そこは広い円形の空間。大聖堂のような場所だった。

天井は通路よりもさらに高くて、なだらかな曲線でドーム型。そのつやつやした表面には美しい絵が描かれている。壁も床と同じような磨かれた石だ。壁際に並ぶ柱には、複雑な模様の彫刻《ちょうこく》が施《ほどこ》されていた。

ただ、石が光っていない分ちょっと薄暗い。光源は高い壁の上の方にある窓だけ。

この場所がどこだかわからないのはさっきと変わらないけれど、私はホッとした。

ここは明らかに人工的な空間だ。あの通路は楽しかったものの、人の気配がなく、人の手も入っていないことが少し怖かった。

教会であれば祭壇がある場所の横手から、私は出てきたみたいだ。

窓から差し込む光が、大きな岩をスポットライトのように照らしている。あの通路を作っていた岩に似た、透《す》き通ったとても硬そうな岩だ。

私は気になって、岩に近づく。そこに突き立って存在感を放っているのは……

「剣？」

複雑な彫刻《ちょうこく》を施《ほどこ》した、金色の柄《つか》のとても立派な剣。和風の剣ではなく、西洋風の剣だ。

こういう剣は、昔やったＲＰＧゲームに出てきた。『常人には決して抜けぬこの聖剣を抜いた者こそ、真の勇者！』という勇者選出のシーンを思い出す。

「ふーん、すごい。誰がこんな硬そうな岩に刺したんだろう。神様？」

何気なく片手で剣の柄《つか》を握り、軽く引っ張ってみる。どうせ抜けるはずないのだから――

メキメキィ……ずぼっ。

「え？」

なんか、雑草を抜くくらいな感じで、普通に抜けてしまった。しかも剣はとても軽い。

私は慌てて、その理由を考える。きっとこれ、ガッチリ刺さっているように見えて、岩の切れ込みに入れてあっただけだったんだ。

メキメキって岩から音がしたのも、床に岩の破片が落ちているのも気のせい。

それとも、岩が硬そうに見えて実は柔らかかったとか。この剣だって、どう見たって金属で重そうなのに、めちゃくちゃ軽い。こういうレプリカなのだ……と納得することにした。

とはいえ、勝手に触ってはいけないものな気もする。とにかく元に戻しておかなきゃ。

その時、横から視線を感じた。それも多数。そしてざわざわとどよめく声も聞こえてくる。

「お、おい……」

「女?」

「嘘……だろ……」

剣を手にしたまま、声がした方をそーっと見る。すると扉があって、そこから入ってきたと思《おぼ》しき男性が十人ほどいた。

どの人も驚いているのか、口をパクパクさせていたり呆けたような表情だったり。

人がいるということはありがたい。だが、しまった。間に合わなかった――!

剣を手に固まる私。

団体さんも固まっている。団体さんは全員男性で、ほとんどが若い。かなりムッキムキの筋肉質な人も多数。みんな少し変わったファッションで、髪の色が見たことのない色ばかり。いや、私の前髪と同じような紫の人もいる。けれどとにかく、自然な髪色ではありえない色だ。

そんな中、他の男性達より年かさで、背の高い一人の男性が近づいてきた。ズルズル引きずるほど長い装束《しょうぞく》に身を包んだ、これまた長くて青い髪と髭《ひげ》のおじさん。

その人は落ち着いた声で私に問う。

「そなた、どこからこの神殿に入った?」

「え? ここ神殿なんですか。えーと、あっちの光る通路から来て、虹色のカーテンみたいなのを

すり抜けるとここで……って、あれ？」

自分の来た方向を指さしたものの、そこは壁。通路とこの空間を仕切っていた虹色の光の幕が消えている。

「そこに入り口があったんですけど……」

首を傾《かし》げるしかない私に、青い髭《ひげ》のおじさんはなぜか納得がいったように頷《うなず》いた。

「なるほど。奥の『扉』を潜《くぐ》ってきた、異界の者なのだな」

扉？　異界？　——そういえば、落下の最中に闇の中で大きな扉を潜《くぐ》ったような気がする。あれは異世界への扉だったってこと？

私がまだ混乱しているのに、髭《ひげ》のおじさんはさらに問う。

「そなた、名は？」

「剣崎巴……トモエです」

「私はこの神殿を守る神官の一人。ここの『扉』から来た者は何十年もおらぬし、よそでもここ数年来めっきり減った。しかし、この世にはあちこちに『扉』があり、そこから異界の者が来るのはそう珍しいことではない。今はいろいろあって『扉』の繋がりが不安定でな。現れてもすぐに消えてしまうのだ」

神官？　この人、偉い人みたい。それに、事情に詳しいとみた。

よし、この人に相談したら帰れるかも！　私は帰って、遺品整理の続きをやらなきゃいけないのだ。それに休みは明日までだから、明後日《あさって》には会社に行かないといけない。

「私、どうしてここに来たのかよくわからないんです。『扉』ってなんですか？　ここはどこなんですか？　帰る方法をご存知でしょうか？　詳しく教えていただけませんか？」

私が焦って捲《まく》し立てると、神官さんはやや引き気味に笑う。

「一度に尋ねられても困るし、話せばかなり長くなる。とにかく奥の『扉』への通路が閉ざされてしまった今、すぐに帰るのは無理だとだけ言っておこう。あー……それよりだ、トモエとやら」

神官さんが難しい顔で私の手元を見る。

「その剣……」

「あっ」

しまったぁ！　まだ剣を持ったままだった。

ここ、神殿だそうだし、そこに祀《まつ》られていたということは、やはり大事なものなのだろう。

私は勢いよく頭を下げ、謝った。

「そこに刺さっていた剣を、好奇心で触ってみたら抜けてしまいまして。やっぱり触ってはいけないものでしたか。ごめんなさいごめんなさい！」

しかし神官さんは怒るでもなく静かに言う。少し声が呆れている気がする。

「私に謝ることはない……。これより、ここにいる若者十人の中から、黒竜王《こくりゅうおう》を倒しに行く勇者を選ぶ試練を行《おこな》うところだったのだが――神に選ばれし者だけが抜くことのできる、その聖なる剣で」

うっ、やっぱりこの剣は、選ばれし者にしか抜けないアイテムだったのか。

「抜けたということは、そなたが勇者なのか？」

神官さんが私に向けた言葉に、後ろの男の人達からどよめきが起こった。

「ちょっと待ってください！　まだ試練すら受けていないのに！」

必死の形相で神官さんに訴《うった》える、一人の若い男の人。彼に続くように、他の人達も一斉に口を開きはじめた。

「こんなのは認められません！」

「異界から来たばかりの、そんなぱっとしない女が勇者などと冗談だろう！」

「そうだそうだ！　しかもその女、よくわからん服を着ている！」

皆さん、ごもっともです。ぽっと出のジャージ女が選ばれし者だなんて、納得できないですよね。ホントすみません。

私も一緒になって神官さんに訴《うった》える。

「いやいやいや、私、勇者なんかじゃないですから！」

「隣の部屋での神官殿の説明が長すぎたんだ。もう少し早ければこんなことには……」

しまいには神官さんまで責められている。そうか、儀式に際して説明会をやってたのか。

「しかし……この事実をどうすればよいか」

神官さんが困り果てたように言うと、男性陣が一斉に私の手元の剣を見る。その視線が痛い。

そこで、ふと思い出したように、神官さんは私に聞いた。

「トモエ殿、聖剣を抜くときに神の台座は輝いたか？」

「神の台座？　剣が刺さってた岩のことですか？　光ってません。普通にずぼっと抜けただけで」

ちょっぴり岩がメキメキいったことは、内緒にしておこう。

「ずぼっと？　ま、まあいい。台座が光ってないなら、まだ決定ではないということだな」

……妥協しましたか、神官さん。それでいいのかと思わなくもないけれど……

勇者候補の皆さんから「おぉーっ」と明るい声があがった。なんとか私が勇者ではないということになったらしい。

すると今度は、どうやって本物の勇者様を選ぶか、という議論が始まった。その隙に、剣を元の位置に戻しておこう。

「えっとぉ……剣、戻しておきますので、どうぞ普通に儀式を続けてください」

簡単に抜けてはいけないので、ぐぐっと力いっぱい刺しておく。ダイヤみたいに硬そうに見えるわりに、岩はやっぱり柔らかいのか、しっかり刺さる。私が抜く前はもう少し刃《やいば》が見えてた気がするけど、柄《つか》しか見えなくなった。

まあいいや。これで動かないし。

「……なんとなく、前より深く刺さっているような気がするのだが……」

神官さんからツッコミが入ったけれど、細かいことは気にしてはいけない。

「気のせいです。ささ、今までのことはなかったことにして、本物の勇者様を選んでください。私は隅で、邪魔にならないように見てますので。神官さん、終わったら話をさせてください」

そんなわけで勇者選定の試練は仕切り直しになった。

それにしても、ここは異世界——つまり地球じゃない世界らしい。本当にこんなゲームのような世界があるんだな。傍観者として見ている分には面白いかもしれない。

待っている間は暇なので、勇者候補という男性達を観察してみる。若くてカッコよくて強そうな人ばかり。

そんな中、私は一人の青年に目を奪われた。新緑の葉を思わせる髪の色で、とても美しい知的な顔立ちの人。少し冷たそうな印象だけど、彼の周りだけ空気が違うような気がする。他の人に比べたら細身だけど、男らしさのある体つきだ。

あの人、素敵だな。あの人が勇者様とやらに選ばれたらいい。こういう、一見強そうじゃない感じで、実はすごいという勇者様の方が、心を掴まれる。あくまでゲームやアニメの話だけど。

「ぐおおぉ！」

筋肉マッチョなお兄さんが雄叫《おたけ》びをあげつつ、顔を真っ赤にして剣を引っ張っている。でも剣はビクともしない。この人は勇者じゃないみたい。

「次、前へ」

神官さんの合図で次の候補が剣に挑むも、これまた失敗。その後に挑む人々も、やはり結果は同じ。

その様子を見て、私は首を傾《かし》げる。岩は柔らかくて、剣は軽くて、私は片手で抜けた。なんでみんな、一生懸命引っ張っても抜けないのだろう。

本物の選ばれた人だと岩が輝くと神官さんが言ってたから、魔法でもかかってるのかな？

「次、ハピエルド・ターク、前へ」

残るはあと二人という時、あの緑色の髪の人に順番が回ってきた。

「竜狩りの名家ターク一族の嫡男《ちゃくなん》か。選ばれるとしたらやっぱりこいつだろ」

「だよな……」

駄目だった人達が囁《ささや》く声が聞こえた。へぇ、本命なんだこの人。

彼はすぅ、と息を大きく吸い込み、ほんの少し緊張した顔で剣に手を伸ばす。

そしてその時は訪れた。

岩——神の台座がキラキラと金色の光を放ち、すーっと剣が抜けたではないか。

おおっ！　本物はこんな感じでメキメキと音が鳴ったりしないんだ。私の時と全然違う！

抜いた剣を高く掲げるその人のカッコよさと言ったらもう！

「神はこの者を選ばれた」

「おおっ！」

神官さんの高らかな宣言に、他の候補の人達からも拍手と喝采《かっさい》が上がる。私も思いっきり拍手した。

そんな中、当の本人はニコリともせずに、ぼそりと呟《つぶや》く。

「俺が選ばれるのは当然のことだが、変な女に先を越されたのは面白くない」

変な女とは失礼な。でも、その心情は理解できるので、私は『スミマセンでした……』と心の中でイケメンに謝る。

それにしても『俺が選ばれるのは当然』って、結構な自信家だ。この人、俺様？

候補はもう一人残っていたものの、これにて選定の試練は終了。跪《ひざまず》く候補者の面々に、神官さんが声をかける。

「此度《こたび》は聖剣に選ばれなかった他の者も、選ばれし勇士。旅立つことはなくとも、暴竜の災禍《さいか》より故郷の民《たみ》を守るために力を尽くされよ」

「はっ！」

こうして、新しい勇者が誕生し、他の候補は神殿から去って行った。

やっと神官さんと話ができるかと思ったが、彼は勇者様と話していて私なんて眼中にない。

「あの……」

そっと声をかけると、反応したのは勇者様の方だった。

「なんだ、まだいたのかお前」

まだいたのかって、本当に失礼な人だ。空気を読んで隅っこの方で静かにしていただけで、ずっといました！

「神官さんに話を聞こうと待ってたんです」

「フン。俺の旅立ちの準備で、神官様は忙しい。それが落ち着くまで待ってろ」
コ、コイツ……！　イケメンだからさっきは見惚《みと》れちゃったし、個人的に応援してたけど、超性格悪い！　なんで神様はこんな男を選んだんだ。
一方、神官さんは優しい方だった。

「まあまあ、勇者様。トモエ殿、お待たせして申し訳ない。いきなり違う世界に飛ばされて、さぞ心細いであろう。それに、トモエ殿も剣を抜いた特別な方。私の勘が正しいとすれば、此度《こたび》の黒竜王討伐に関係がないわけでもない。では少し話をさせていただこう」

神官さんはまずこの世界について教えてくれた。

私達が住んでいる星を『地球』と呼ぶように、ここの人達はこの世界のことを『ルーテル』と呼ぶ。大陸や島、海、山もあるらしい。陸地がたくさんの国に分かれていて、いろいろな民族が住んでいるのも、私の世界と同じ。

このルーテルには、地球だけでなく他の世界とも行き来できる穴みたいなものがあちこちにあり、それを『扉』と呼ぶのだという。

『扉』は常時開かれているわけではない。だが数年、数カ月に一度など、決まった時期にほぼ同じ場所に現れるそうだ。この神殿の奥の私が潜《くぐ》ってきた『扉』は、かなりの頻度で現れる繋がりの深いものらしい。

「しかし、ここ最近、黒竜王が現れたことで、他の世界との間に歪《ゆが》みが生じ、様々な弊害《へいがい》が起きておる。その一つが、トモエ殿が潜《くぐ》ってきた『扉』のように、繋がりが不安定になることだ。決まった周期が失われ、扉が現れない可能性すら出てくる」

うーん、難しい。理解が追いつかないが、それよりも基本的な用語がわからない。

「あの、黒竜王って誰なんですか？」

さっきの勇者選定の理由は、その黒竜王とやらを倒しに行く者を選ぶためだった。

ちなみにその選ばれし勇者様は、神官さんの横で面白くなさそうに目を閉じて、腕組みしている。喋《しゃべ》る気もないみたい。ひょっとして寝ているの？

そんな勇者様をよそに、神官さんは私に説明してくれた。

「黒竜王とは、トモエ殿が来た世界とはまた違う異界——ラーテルからの侵略者。人間でありながら竜を祖に持ち、強大な力を持つ非常に恐ろしい存在」

お、おおぅ！　それはゲームで言うところの、魔王みたいなものだろうか。

そう思っていると、神官さんの説明はさらに続く。

「このルーテルにも竜はたくさんいて、いつもは上手く人と共存している。しかし、黒竜王が近づいてくると話は変わる。竜はその昔、ラーテルから来たと言われており、同じ血を持つ黒竜王が近づくと豹変《ひょうへん》するのだ。常の穏やかさを忘れて暴れ、被害を出す。それを打破するため、そして世界の歪《ゆが》みをおさめるためには、元凶である黒竜王を倒さねばならん。先ほどは、その役目を負う勇者を選定したのだ」

「……確かにそれは勇者様の出番ですね」

そうか。その侵略者が来ていろいろ問題が起きている……と。

——つまり、黒竜王とやらを倒さないと、私の帰り道がいつ出てくるかわからないということ？

しかも、気になることがほかにも……神官さん、この世界にも竜がたくさんいると言った？

「あの、また基本的なことを聞いていいですか？　このルーテルには竜がいるんですか？」

神官さんはあっさり答える。

「普通におる。先にも言ったように暴れさえしなければ怖いものではない」

うう、帰りたい……。この世界の竜がどんなものかは知らない。しかし、恐竜しかり、ゲームやアニメの竜しかり、私のイメージでは爬虫類《はちゅうるい》の仲間である。しかも大きそう。

私、爬虫類《はちゅうるい》は大の苦手なのだ。そんなものが闊歩《かっぽ》する世界に、一時《いっとき》もいたくない。

けれど、話を聞く限り、すぐには帰れないみたいだ。

「勇者様、ぜひ頑張ってください」

一通り話を聞き終え、私はゲンナリしつつ激励する。

すると、ずっとダンマリだった勇者様が目を開いた。寝てなかったんだね。

「そういえば、お前はどうやってこの剣を抜いたのだ？」

そんなこと私の方が聞きたい。私の代わりに答えたのは、神官さんだった。

「トモエ殿は力業《ちからわざ》で剣を抜いたのではなかろうか。神の台座が少し欠けておった」

うっ、剣が刺さっていた岩が欠けたの、バレてたのか……

それにしても、私は怪力というわけではない。剣道経験者で、今でも毎日腕立て伏せをしてるから、他の女子よりはほんの少し鍛《きた》えている。でも、力業《ちからわざ》で岩を破壊できるほどではない。

「あの、確かに台座を欠けさせてしまいましたが、たまたまです。私、そんなに力は強くないので……」

「では試しにこの石を握り潰してみなさい」

神官さんは私に小さな石ころを渡した。それはおそらく神の台座と同じ石。キラキラと透《す》き通ったダイヤモンドみたいな石で、硬そうだ。

「えぇ？　潰すなんて絶対無理ですよ」

そんなことできたら化《ば》け物《もの》だ。そう思いつつ、力一杯石を握ってみる。

するとなんと、石は簡単に粉々に砕け、私の指の隙間からパラパラとこぼれ落ちた。見た目に反して、石は駄菓子のラムネくらいの硬さだった。

イケメン勇者様が明らかにビビった様子で後ずさる。

「ど、どんな力だよお前……！　化《ば》け物《もの》か？」

「失礼ですね、私は普通の人間ですよ。石が元々脆《もろ》かったんじゃないですか？」

私が呆れ半分で言うと、神官さんは首を横に振る。

「いや、鋼《はがね》の槌《つち》で打とうと巨竜に踏まれようと砕けぬ石のはず」

「へ、へぇー……」

私と勇者様は、同時に平坦な声を漏らした。

「……その力、間違いない。やはり私の勘は正しかったようだな」

勘って何？　なんだか、嫌な予感しかしない。

神官さんはしたり顔になって胸に手を当て、言葉を続ける。

「前回――五十年ほど前にも黒竜王が現れて、この世界を苦しめた。その時、先代の勇者ラッキーは、とても力の強い女戦士の助けを借りて撃退したらしい。その女戦士は、異なる世界より『扉』

を潜《くぐ》ってやってきたのだ。この度トモエ殿は勇者選定の日に現れた。これはもう偶然ではないだろう。つまりは勇者と女戦士は対《つい》でなければならんとの神の思《おぼ》し召《め》し」

え？　それは、私に女戦士になれってこと？

私は戸惑って口をぽかんと開ける。一方の勇者様は、納得がいかないみたい。

「ちょっと待て。では黒竜王討伐の旅に出るのに、俺はこの怪力女と一緒に行かねばならんということか？」

不満げな勇者様の問いかけに、神官さんはあっさり頷《うなず》く。

「そうなりますな」

「くだらん。俺は一人で行くぞ。女の手など借りなくてもよい」

勇者様は腹立たしげにぷいっと顔を背《そむ》けた。

私だって、異世界に来ていきなり魔王みたいなのを倒しに行くなんて、御免こうむりたい。

それよりも、神官さんの説明の中で私はあることが気になった。

「あの……そんなに何度も来てるんですか？　その侵略者」

「ああ、黒竜王はくり返し現れる。ここルーテルとラーテルは、他の異世界より近しく、一枚の布の表と裏、あるいは光と影のような関係。その二つの世界の境《さかい》が希薄になる時期が定期的に訪れる。その時、黒竜王は空に浮かぶ城でルーテルに現れては、この世界を自分達のものにしようと攻めてくるのだ」

世界の境《さかい》とか、またも普通のＯＬには理解できないことを……

とにかく、定期的に攻めてくる黒竜王を、その度に撃退しているってことか。

先代の勇者様は、どうしてトドメを刺さなかったんだろう。意図的にしなかったのか、できなかったのか……

私が首を傾《かし》げていると、勇者様は舌打ちする。

「ちっ、歴代の勇者は大したことがない。俺なら二度とルーテルに現れないよう完膚《かんぷ》なきまでに叩き潰してやる。城ごとやってしまえばいい」

「ものすっごく自信満々ですね」

かなりの自信家なんだな、この人。そのくらいでないと、勇者なんて務まらないのかもしれない。

「話は戻るが――どうかな、トモエ殿。その力を活《い》かして、勇者と共に黒竜王を倒しに行ってはくれないだろうか。いずれにせよ、黒竜王を撃退して世界の歪《ゆが》みを正さない限り、ここの『扉』はいつ現れるかわからない。つまりトモエ殿は元の世界に帰れない」

うーん。遺品整理の途中に、ジャージ姿でいきなり知らない世界にトリップしただけでも散々なのに、その上、旅に出ろ？　しかも魔王的な存在を倒さないと、元の世界に戻れない？

「そんなことを言われても……」

帰りたい。とはいえ、ただのＯＬの私に、勇者と一緒に侵略者を倒すことなんてできるとも思えない。

戸惑う私に向けて、神官さんは言葉を重ねる。

「きっとこの出会いは運命。互いに引かれ合ったということでしょうな」

「えぇ？」

またも、勇者様と私は声が揃ってしまった。

「真似すんな」

「そっちこそ！」

険悪なムードになっている私達をよそに、神官さんはニコニコと笑みを浮かべている。

「やはり気が合うようですな、二人は。さぞよい旅の伴侶《はんりょ》となるでしょうな」

「どこが!?」

また声が揃っちゃったし！　なんなのよ！

とにかく、抵抗しておかなければ。

「で、でも、私、この世界のことは何もわかりません。旅に出るにしても準備もできないし……着の身着のままの一文なしですし？」

「そうだ、俺はともかく、こいつには何もない。ましてや女はいろいろと大変だろう？」

勇者様……気をつかっているようにも聞こえるけど、そうじゃないんだろう。私と一緒に行きたくないという気持ちが、言葉の端々《はしばし》に滲《にじ》み出ている。

まあ、得体の知れないど素人《しろうと》が旅の供になるのは、足手まといだろう。

それでも神官さんは、私達の気持ちを察してくれない。

「その点は心配無用。勇者の装備とともに、トモエ殿の分も旅の用意をさせていただく。また、各地方の神殿に寄れば、寝泊まりや食事にも不自由はせぬと思いますぞ」

「……うっ」

なんて準備万端なのか。なに、このゲームのオープニングみたいな、至れり尽くせり感は？

「まずは空に浮かぶ黒竜王の城を見つけていただきたい。城は一《ひと》つ所《ところ》に留まらずに常に動いておる。現時点では、城の場所を知ることはできないが、知る術《すべ》がないわけではない。西の森に先代勇者ラッキーが隠居しておいでだと聞く。彼に会えば何かしらの助言をもらえるだろう。それから地方にも神殿があり、それぞれに神官がいる。新しくわかったことがあれば神官同士で情報を共有しているので、神殿に近づいたら寄ってくだされ。先代勇者の助言、我々神官の情報を得た上で、さらにお二人が協力すれば、上手くいくと信じておりますぞ」

「は、はあ……」

もう、何も言い返せなくなってしまった。神官さんの中では、私達は一緒に行くものと決定しているようだ。

「ハピエルド・タークは勇者として、トモエ殿は女戦士として、どうか黒竜王を倒してほしい」

——ん？　女戦士？　それはなんというか、響きが強すぎない？　そんなに私に期待しないでもらいたい。

「あ、あの、女戦士って呼ばれるのがふさわしいほど、私にできることがあるかわからないんですけど！」

慌てて主張すると、神官さんは「ふうむ」と唸《うな》った。

「まぁ、呼び名なんてなんでもいいのだが……」

なんでもいいって、なげやりすぎやしませんか？

私と勇者様が呆れた目になる。

それに気がついた神官さんは、コホンと咳払いをして口を開いた。

「では、トモエ殿。女戦士改め、聖女として勇者を守って――いや、助けてくれんか。元の世界に戻るために」

私が世界に戻るために必要なことだと言われたら、いやですなんて言えない。土曜と日曜のうちに、というのは難しそうだけど、私はとにかく元の世界に帰りたいのだ。

私は「はあ」と曖昧《あいまい》な返事をすることしかできない。

私の返事を了承と受け取った神官さんは、「よかった」とにっこり笑った。


それから神殿の人達が旅の準備をしてくれたのだけど、その早さといったらもう！　ほんの三十分ほどで、勇者様の装備が整えられ、旅の支度の品がキッチリ二人分用意された。

私が呆気にとられていると、勇者様は準備を終えて神殿の出口のそばから声をかけてきた。

「おい、怪力女。行くぞ」

「え？　ちょっと待って！」

なんだかんだで私と旅をすることを了承しちゃったんだね、勇者様。まあ、拒否できる雰囲気じゃないもんな……

私は慌てて勇者様を追いかけ、とりあえず気になったことを言う。

「私はトモエです。怪力女などと呼ばないで」

「フン。足手まといにだけはなるなよ」

勇者様はやはり感じが悪いが、気にしている暇もなく、半ば追い出されるようにして神殿を出る。

「お二人に神のご加護を。まあ仲良くやってくだされ」

神官さんはそう言って、頭を下げた。

仲良くかぁ……。そう言われても、フレンドリーな感じじゃないしなぁ、このハピエルドさんは。

いっそのこと愛称をつけちゃおう。嫌がるかな？

ハピエルドってなんとなく言いにくいし、祖母がしていたみたいに愛称をつけた方が距離が近づく気がする。これからどのくらいかわからないけど、彼と一緒に旅をしなきゃいけないみたいだから、仲がいいに越したことはない。

そうだな、少し可愛い感じに。はっちゃん？　それともハピさん？

あ、そうだ。先代勇者さんはラッキーだったよね。それに近い感じで――

「ねえ、ハッピーって呼んでいい？」

「……俺はハピエルドだ」

案の定、勇者さんはものすごく嫌そうな顔をした。でも折れないぞ。

「愛称だよ。私の世界で『ハッピー』とは幸福という意味があるの。縁起がいいと思わない？　先代の名前のラッキーは幸運という意味で、これもとても縁起がいいでしょ？　それに倣《なら》って」

私がそう言うと、勇者様はしばらく考え込んでから頷《うなず》いた。

「幸福か。それはいいかもしれない。よし、その名で呼ぶことを許す」

なんとなく偉そうだけど、認めてくれてよかった。

こうして、私は今代の勇者ハッピーと共に黒竜王を倒す旅に出ることになった。帰る道がいつ現れるのかわからない今、少しでも可能性があるならやるしかない。

それに……見た目だけは理想を絵に描いたようなイケメン勇者と二人旅というのも、悪くないかもしれない。性格は悪そうだけどね！

2

神殿の外には緑豊かな庭園が広がっている。石畳《いしだたみ》の小道がまっすぐに延びる両脇に、石の柱が立ち並ぶ。厳《おごそ》かな雰囲気の広い神殿の敷地を、勇者ハッピーについて歩いていくと、大きな門があった。

そういえば、この神殿はどんなところにあるんだろう？　神殿というからには、聖なる地にあったりするのかな。

そんなことを考えながら門を一歩出た瞬間、私は驚く。

「わぁ！」

人々が行き交い、商店が立ち並ぶ――神殿は、街のど真ん中にありました。しかも結構な繁華街の中心だ。

「なんか意外……」

呟《つぶや》いた私に、勇者ハッピーが面白くなさそうに聞く。

「何がだ？」

「いや、神殿ってもっと秘境的なところにあるものだと思っていたから」

正直に答えると、ハッピーは肩を竦《すく》めてさっさと歩きはじめた。

「ここは首都だ。ほら行くぞ」

「そっか、首都なんだ。――あっ、待って」

私は慌ててハッピーに続く。こうなった以上、置いていかれては困る。

首都というだけあって、街は人も多くて賑《にぎ》やか。いろいろなものを商《あきな》う店らしきものもたくさん見えるし、人の声や音楽が聞こえてくる。色合いはパステル調で、日本に比べると華やか。

なるほど、勇者選定から旅立ちまで急展開だったのに、すぐに支度をしてもらえたわけだ。お店がこんなに近くにあるなら、余裕だっただろう。

行き交う人達は皆、地球では見ないような髪の色や様々な肌の色をしている。ハッピーの緑色の髪や神官さんの青色の髪は、そんなに珍しいものではなさそうだ。

やや背が高くて細身な人が多く、体の作りや顔立ちは、地球の人とそう変わらない。

男性は長衣にズボンの組み合わせ、女性はスカートの人が多い。ジャージ姿の私は浮いているかもしれない。

観察しながら歩いていると、見るもの聞くものすべてが初めての異世界のはずなのに、不思議とあまり違和感がないことに気がついた。むしろ、しっくりきている気がする。そんな自分が一番謎。

確かに人やものの色彩は違うのに、なんというかこう――既視感があるのだ。

日本の普通の民家っぽい瓦《かわら》屋根の木造建築なのに、壁が渋いピンクで瓦《かわら》がミントブルー。重厚な白い石造りの洋風の建物は、壁のレリーフが松と亀に似た生き物で、ドアじゃなく格子《こうし》の引き戸。イスラムのモスクみたいな重厚な建物のてっぺんに、シャチホコっぽい飾りが載っている――などなど。とてもちぐはぐで、面白い。

なんだかちょっと旅行気分。せっかくだから道草したくなっちゃうな。

きょろきょろ辺りを見ながら進む私に、ハッピーが呆れ顔で言う。

「あまりきょろきょろするな。それにお前、もう少し普通に歩けないのか？」

そういえば、私は神殿の中と同じく、跳ねるように歩いている。というか、歩こうとすると跳ねてしまう。ハッピーは普通に歩けるので、私の歩き方がお気に召さないらしい。そう言われてもなぁ。

「わざと跳ねてるわけじゃないんだよ。でもなんだか、体がフワフワしていて」

ああ、本当に体が軽い。

きっとここルーテルは、地球とは重力の加減が違う世界なんだろう。私の力が強くなったのも、体が軽くて歩くだけで跳ねてしまうのも、多分そのせいだ。

私は重力や科学はよくわからないから、原理を解明することはできないけれど、とりあえず体に害はなさそうだからよし。そういうことにしておく。

ハッピーを見ると、ぴょんぴょんしている私とは対照的に、足取りは重い。

彼と私は、リュックみたいな袋に入った旅の荷物を背負っている。出発前に一応確認したところ、中にはテントや日用品、水、着替えなどが入っていた。

その荷物に加えて、ハッピーはいかにも勇者様という鎧《よろい》っぽい装備品に、大きな聖剣を腰に下げている。結構な重量のはずだ。

それを見て、私はひらめいた。

「そうだ。荷物はあなたの分も私が持つね」

二人分の大きな荷物を両肩に背負うと、私の歩き方はなんとなく普通に近くなった気がする。怪力のせいか私は重く感じないし、ハッピーの足取りは少し軽くなった。

私の重石《おもし》代わりになる上に、ハッピーの負担を減らせるなら、一石二鳥だ。これいいかも。

というわけで私は、早々に勇者様の荷物持ちという立場になった。どんな役割だってあるだけで気が楽というものだ。

しかし、ハッピーは少々複雑そうにしている。

「正直、荷物を持ってもらえてありがたい。それに石を握り潰すような怪力だから、お前が無理していないことはわかる。……しかし、傍《はた》から見たら俺は、女に荷物を持たせる酷い男なんじゃないだろうか」

ハッピーは俺様な性格のわりに、人の目を気にするのか……

それはともかく、私はものすごく基本的なことを聞いておきたい。

「大丈夫だよ、誰も気にしないって。それより、旅はずっと徒歩なの？」

どこまで行くか知らないが、世界がどうのと規模の大きな話だった。交通手段は他にないのだろうか？

ハッピーはこっちも向かずに答える。その横顔は綺麗だけどやっぱり不機嫌そう。

「当面は歩きだ。西の森にいるという先代勇者を探すのが第一目的だが、近隣の様子を見たり、黒竜王の情報収集をしたりもしたいからな。それに、道中人助けをするのも勇者の務めだ」

「……それもそうね」

ハッピーの話はごもっともだけれど、徒歩での移動となると、結構時間がかかるだろう。すんなり進むとも限らないし。

私、いつになったら帰れるんだろうか——なんだか不安になってきた。

首都を抜けると、のどかな田園風景が広がっていた。

まっすぐに延びた道の脇に、ぽつりぽつりと小さな木造の民家や木々がある。これもどこかで見たような風景。

そんな田舎道《いなかみち》を、とにかくまずは先代勇者を探すため、私達は西に向かって歩く。

正直なところ、私には方角すらわからないのでハッピーについて行くだけ。

観光地らしきものはなさそうで、道草もできないことが残念だ。

背筋をまっすぐ伸ばしてスタスタ歩く勇者様は、ずっと無言で、何を考えているのかわからない。

私も黙って歩いてはいるものの、正直手持ち無沙汰《ぶさた》だ。それに考える時間があると、自分に起こったありえない出来事やこれからのことへの不安が、ムクムクと膨《ふく》らんでしまう。

私は思い切ってハッピーに声をかけてみる。

「ねぇねぇハッピー。いろいろ聞いてもいい？　教えてほしいことがいっぱいあるの」

「神殿が用意した本があるだろ。この世界のことが書いてある。それを読んで自分で勉強しろ」

努めて明るく尋ねた私を、ハッピーはちらりとも見ずに一蹴した。

……速攻、壁を築かれてしまった。

「そういえばもらったけど……」

その本とやらは、大きな荷物の中に入っている。

『扉』を潜《くぐ》ってきた異界の人のために、この世界の地図や簡単な歴史などの必要な情報をまとめたものらしい。ルーテルの歩き方とでも言えそうな本だ。

そんな本があるということは、私のように異世界から来る人がそれだけ多いのだろう。とりあえず、レアケースすぎて何もわからないというより安心できる。

歩きながら本を読むのはお行儀が悪いので、ルーテルの歩き方は休憩の時に読もう。

それはさておき、私が聞きたいのは、ハッピー自身のことだ。

このイケメン勇者様はかなりの自信家で、可愛くない喋《しゃべ》り方をする奴だということしか知らない。

一緒に旅をする以上は、もう少しお互いに相手を理解しておいた方がいいと思う。

というわけで、見えない壁は破壊してしまおう。とにかく話を引き出そうと、声をかけてみる。

「あの、私が教えてほしいのは、ルーテルのことじゃなくてハッピーのことなんだよね。えーと、そうだ。私は今二十二歳なんだけど、ハッピーは何歳？」

「……二十一だ」

小さな声だし、相変わらずこっちは見ない。でも返事はしてくれた。

そうか、ハッピーは私より一つ年下か。——いや待て、異世界なんだもの、一年の単位や一日の長さが地球と同じとは限らない。

その疑問を問いかけると、彼は面倒くさそうにしながらも教えてくれた。なんと、地球と同じだという。

「暦《こよみ》や時間の概念は『扉』の向こうの世界から持ち込まれたものだ。お前と同じ世界の人間だったんだろう。詳しくは本を読め」

そうかぁ。一日が二十四時間なのも、一年が三百六十五日なのも一緒なのか。

ちょっとは口を利いてくれるようだし、話題を変えてみよう。

「じゃあさ、ハッピーは勇者に選ばれて嬉しい？」

「嬉しいも何もない。俺が勇者に選ばれるのは、当然のこと。この日のために、幼い頃より両親に鍛《きた》えられてきたのだから」

ハッピーはさっきよりも力強く答えた。当然とか言っちゃって可愛くないけど、会話は続きそう。

「ハッピーは子供の頃から鍛《きた》えてるんだ。すごく強いんだね」

「当たり前だ」

プチよいしょに気をよくしたのか、今度はハッピーが私に尋ねる。

「お前はどうだ？　怪力なのは認めるが、戦えるのか？」

「うーん、どうだろう。前は剣道をやっていたとはいえ、今はごくごく普通の事務員だもの。とりあえずは荷物持ちということで勘弁してね」

そう言うと、ハッピーはフンと鼻で笑った。なんか地味にムカつくなぁ。

他にも、食べ物では何が好きだとか、彼女はいるかなどごく普通の質問をしてみたが、ハッピーはもう答えてくれなかった。

「よく喋《しゃべ》るな……」

「ゴメン」

機嫌を損ねては困るので、このくらいにしておこう。

質問を切り上げると、しばらくまた黙《だま》って、てくてく歩き続ける。竜が普通にいるという恐ろしい話を聞いていたので、どうなることかと思っていたけど、道のりは平和だ。

またも手持ち無沙汰《ぶさた》になってしまった私は、行儀が悪いのは承知で『ルーテルの歩き方』の本を取り出した。ぱらぱらっとページを捲《めく》ってみる。

「なになに？『昔々、このルーテルは草木も生えぬ不毛の土地だった。今の命溢《あふ》れる豊かな世に住まう人間の祖は、「扉」を潜《くぐ》ってきて戻れなくなった異世界の人間だった』……へぇ、そうなんだ。……って、あれ？」

本を読みはじめて、内容より気になることがあった。

「……なぜ異世界に来たのに、私は言葉がわかるし文字も普通に読めるのだろう」

「今更かよ？」

思わず呟《つぶや》いた私の言葉に、すかさずハッピーがツッコミを入れる。その声は呆れていた。

そりゃそうだよね。自分でも、なぜもっと早く疑問を持たなかったのかと思う。いきなり普通に会話できたあたりで気がついてもよかったのに。混乱と慌ただしさで、あまり頭が回転していなかったのだろう。

「多分その本にも書いてあると思うが、たまたま文字や言葉を最初に伝えたのが、お前の国の人間だったんじゃないか」

「なるほど」

衝撃の新事実。異世界の言語は日本語だった！

言われてみればこの本、右綴《みぎと》じの縦書き、かな文字だわ。

でも、人の名前やファッションは日本と違う。ルーテルはいろいろなところと『扉』で繋がっていて、地球の他の国や、あるいは違う世界のものが混じりあって、こんな風になったのだと思われる。その中で言葉や文字は日本のものがそのまま残っているなんて、本当にラッキーだ。

異世界に来てしまったのは災難だとしても、ある意味私はツイてるのかもしれない。

そんなことを考えながら本を読み進めると、異世界から来た者の中には稀《まれ》に、とても力が強く跳躍力のある者がいると書かれていた。まさに今の私だ。

しかしそういう者は、早ければ数日、長くても数カ月でその力を失うらしい。

この世界に体が慣れる――ということなのかな。もしも完全に慣れてしまったら、元の世界に戻った時にすごく苦労するんじゃないだろうか。

この旅が早く終わるか、すぐに『扉』が現れないと……。

そう焦ったところで、ハッピーが口を開いた。

「今日はあの村までにしておこう。宿くらいありそうだ」

本から顔を上げると、かなり先の山際に大きな村が見えた。

気がつけば陽は傾き、もうすぐ夕刻という空。

私はこれからどうなるのだろう。漠然とした不安に襲われるが、旅はまだ始まったばかり。

とにかく村に向けて足を進めるのだった。


そうして到着した大きな村で、宿屋に泊まった。

宿で出された夕食の料理は、和食に似ていて美味《おい》しかった。そして部屋ではぐーすかと眠った。

繊細《せんさい》さの欠片《かけら》もない自分に呆れる。

知らない世界で夜を迎えることへの不安や寂しさで、眠れないんじゃないか……なんて思っていたのに、あっさり寝ついた。

村に着いた時には陽も暮れていたし、歩き通しで疲れていた。

それに、考えてみれば祖母の家で遺品整理を始める前に朝食を取って以来、何も食べていなかったのだ。腹ペコの状態で、やっと食事にありつけて空腹が満たされたら、眠くなるのも道理だろう。

お風呂にも入れたし、個室でちゃんとしたベッドで眠れて、思いのほか快適だった。

そして目が覚めて、本日は異世界二日目。私達はさらに西を目指して、早々に村を出た。

村のそばには農耕地が広がっていたが、しばらくして人の気配もなく寂しい赤茶けた荒野に変わる。

荒野に入ってすぐ、道の先から、何か巨大なものが土煙を上げて恐ろしい勢いで走ってきた。それは、まっすぐにこちらに向かってくる。

「な、何？」

「あれが竜だ」

「竜っ？」

ついに出たか！　本当にいるんだ。

高速で走ってきた生き物は、私達に気がつくとスピードを緩め、数メートル先で止まった。赤く妖《あや》しい光を湛《たた》えた目でこちらを睨《にら》み、低い唸《うな》り声をあげる。

「フン、まだ小さい方だな」

至極冷静にハッピーは言うけど……

「こっ、怖い……」

初めて見る本物の竜は、体はとても大きく、足の長い緑のトカゲ。ところどころトゲトゲした鱗《うろこ》が突き出している。

これで小さい方？　二メートル以上はあるよ？

その竜は、こちらを睨《にら》みながらチロチロと舌を出している。

ひいいぃ、やっぱりどう見ても爬虫類《はちゅうるい》っ！　爬虫類《はちゅうるい》は非常に苦手で、ぞわぞわと鳥肌が立つ。

怯《ひる》む私を尻目に、ハッピーは腰に下げていた剣を抜きながら説明してくれる。

「緑竜は力が強いが本来大人しい草食の竜だ。しかしこいつは、黒竜王に反応しているな。目つきが違う。このままっすぐ走っていかれたら、この先の村が大変なことになる」

この先の村……昨夜泊めてもらった村だ。あそこには大勢の人がいる。

「倒すの？」

「もちろんだ。残念だが、一度暴竜になったものは元に戻せない」

左様でございますか。ではその爬虫類《はちゅうるい》そっくりな竜は勇者様にお任せして、荷物持ちは隠れておりますので……

私は後ずさりをして岩の陰に隠れ、傍観者になる。

竜対勇者の初観戦。

竜は巨体のくせに素早く動くと、がぁっと口を開けてハッピーに噛みつこうとする。彼がそれをかわすや否《いな》や、竜は後ろ脚で立ち上がって、鋭《するど》い爪のある前脚を振り下ろす。

なんかもう、トカゲというより恐竜。いや、怪獣。

ハッピーは竜の攻撃をひらひらとかわしつつ、剣で竜に斬《き》りかかる。その動きはまさに勇者だ。

自己中で唯我独尊《ゆいがどくそん》な男だけど、本当にカッコイイ。

やっぱり自分で言うだけあって強いんだなと、思わず見惚《みと》れる。

何度かハッピーが斬《き》りつけると、竜の動きが鈍《にぶ》くなってきた。それでも大きな体で体当たりしてきた竜を、ハッピーがかわしながら蹴り飛ばした。竜がよろけて倒れ――

「しまった！　トモエ、気をつけろ！」

あ、ハッピーが初めて名前を呼んでくれた。

って、ちょっと……なんでコッチに倒すのよ！

顔を上げると、竜はすぐ目の前。見るからに怒っている。当たり前だ、あちこち傷だらけだもの。ハッピーの方を睨《にら》んでいたその赤く光る目が、私の方を見た。

怖い……っ！

「トモエ！」

ハッピーがこちらに向かって走ってくるのが見えたけど、間に合いそうにない。

私は思わず目を閉じてしゃがみ込む。

「いやーっ！　来ないで！」

私は目を閉じたまま、自分の前にあった大きなものを拾い上げて投げた。

ぼこっという鈍《にぶ》い音と同時に、なんとも言いようのない鳴き声が響く。

「キィン……！」

「ト、トモエ……お前……」

気の抜けたハッピーの声が聞こえて、私はそっと目を開ける。

するとそこには、三メートルほどの巨大な岩が。そしてその下から、竜の尻尾と脚だけが覗《のぞ》いている。

どうやら竜は、私の投げた岩の下敷きになった模様だ。

怖くて無我夢中《むがむちゅう》だったとはいえ、私ってばこんなに巨大なものを投げたのか……

緊張感が切れ、急に体の力が抜けた気がした。

「怖かった……」

「俺は竜よりお前の方がよっぽど怖いぞ……」

勇者様は剣を収めつつそう言った。その声は震えている。

私も同感だが、現実を直視したくない。

「さ、さあ、竜は倒したから村も大丈夫だし。急ごうよ」

さっと立ち上がって促《うなが》したけれど、ハッピーは無視する。そしてなぜか私が投げた岩を唸《うな》りながら押しのけ、動かなくなった竜の尻尾を掴んで引きずりはじめた。

ちょっと！　何やってるのよ。しかも嬉しそうに……

「多分今日は野宿だ。丁度いい晩飯のご馳走《ちそう》ができたな」

「え？　これ、食べるのっ？」

冗談かと思ったが、ハッピーは真顔で答える。

「当たり前だ。ぺしゃんこにしたんだから、食ってやらなきゃ可哀相だろ」

「……あんた、正気？」

神に選ばれし勇者様を、思わずあんた呼ばわりしてしまう。

「俺は至って正気だ。大丈夫だ、竜に毒はない。食える」

ハッピーの声が酷く遠く感じられた。

ハッピーが言ったとおり、今日は人里から随分離れた森の近くで、陽が傾いてしまった。私達は開《ひら》けた場所に荷物を下ろし、野宿することに。

まだ明るいうちに近くの川から飲み水を汲《く》み、簡易的なかまどを作った。

気温も湿度も高くないので、一日くらいお風呂に入らなくても我慢できる。テントで寝るのは、キャンプだと思えば楽しいかもしれない。

問題は食事——主にその食材だ。

「お前、料理ぐらいできないのか？」

ため息まじりにハッピーは言う。

私はこれでも料理は苦手じゃない。ただし、ちゃんとした設備のキッチンで、パックに入った肉や魚、綺麗な野菜が揃い、調理器具とか調味料とかがあればの話。

こんなサバイバルな環境で、料理などできる気がしない。

「数時間前まで動いていた巨大な生き物を、ナイフ一本で捌《さば》けと言われても、無理。というか、触るのも嫌」

「仕留めたのは自分のくせに……。まあいい、料理は俺がやる。晩飯ができるまで、お前は寝床の用意でもしておけ」

「……はぁい」

勇者様にご飯の用意をさせて申し訳ない。

でも、先に水汲《く》みや薪《たきぎ》拾いをやったし、これからテント張りもやるから勘弁してほしい。

たき火のそばで勇者様による本日の食材の解体作業が始まったので、私はそちらに背を向ける。

解体ショーを見ないようにして、テントを張りはじめた。

アウトドアは結構好きで、子供の頃は両親と、大人になってからは友達とキャンプに行った。テントを組み立てるのも、テントで寝るのも慣れている。

うーん、しかしこのテント、どうやって張るんだろう。丈夫そうな厚手の布とロープしか入っていない、クラシックな代物《しろもの》だ。

私が悪戦苦闘しつつなんとかテントを張り終える頃、すごくいい匂いが漂《ただよ》ってきた。

勇者様は手際よく夕食の準備を済ませたらしい。

「おい、できたぞ。さっさと食え」

ぶっきらぼうに声をかけられて、私は振り向く。すると、串に刺したお肉がたき火で炙《あぶ》られて、こんがりいい色に焼けていた。

「美味《うま》い。我ながら味付けもよくできた」

私を待たずにお肉にかぶりついて、ハッピーは自画自賛する。そして近づいた私に、お肉の串を手渡した。

食欲を刺激する香りだ。見た目も確かにとても美味《おい》しそう。だけど……

串を手にしたまま口に運ばない私に、ハッピーが不機嫌そうに言う。

「なんだ、俺が料理したものは食えないと言うのか？」

「そうじゃなくて……これ、あの竜だよね？」

「もちろんだ。緑竜は草食だから臭みがなくて、あっさりした味で美味《うま》いぞ」

臭みがどうとか、味がどうかとか以前に、これが竜のお肉だという事実が私の食欲を削《そ》ぐ。

――無理。どうしても思い出してしまう。あの恐ろしい姿と、それの尻尾を持ってここまで引きずってきたハッピーの姿を。

ぐううぅ。

私のお腹の虫は空腹を訴《うった》えている。今晩の食事はこれだけだということもわかっている。

でも、日本生まれ日本育ちの私の常識が、あの爬虫類《はちゅうるい》そっくりな竜を食べることを拒否しているのだ。

「なあ、トモエ」

しばらく黙《だま》っていたハッピーが口を開いた。

「人以外の動物は、糧《かて》を得るために相手を殺す。それが自然の摂理だから、俺は食われる側だって可哀相だとは思わない。弱いものは強いものの命の糧《かて》として、血となり肉となってその体の中で生き続ける。あの竜だって好きで暴竜になったんじゃない。その命を無駄にしたら可哀相だぞ」

その言葉に私はハッとする。

命の糧《かて》として……確かにそうかもしれない。地球でも異世界でも、それは生き物としての常識だ。人だって生き物。私がこの竜の命を奪ったのだから、その責任をとらなきゃいけない。

私の中で竜が生き続けるように。

そういえば、祖母も似たようなことを言っていた。

『巴、なぜ食事の前に「いただきます」って言うか、知ってるかい？　料理を作った人に言うんじゃない。魚も野菜もお米も、生きていた。その命をいただくことに感謝するためだよ』と。

「感謝して食ってやれ」

「うん……いただきます」

ハッピーに促《うなが》されて、私は恐る恐るお肉を口に運んだ。

そうだ、これは鶏肉《とりにく》！　鳥の先祖は恐竜だったはず……きっと同じ。

これは大きな焼き鳥！　焼き鳥は大好物でしょ……！

そう自分に言い聞かせつつ、ガブッと噛みつく。

「あ、美味《おい》しい」

意外にも美味《おい》しい。塩味の上等な焼き鳥という感じだ。

ごめんね。そしてありがとう。私は明日も生きるよ。

お腹も満たされて、しんみりしたところで、私はハッと気がついた。

この先、私達は竜とたくさん戦うことになるだろう。まさかその都度、食べろと言われるんじゃないか……と。

竜は美味《おい》しいと知ったけれど、それは勘弁願いたい私だった。


食事を終えて、そろそろ就寝という時間。

今はこんな怪力でも、私も一応嫁入り前の女子。

昨日は宿屋で別の部屋だったけれど、今日は、中身はともかくイケメンな勇者様と同じテントで寝る。それはなんだか、緊張するし恥ずかしい。

だがハッピーの一言で、そんな乙女な恥じらいは一瞬で粉砕された。

「心配するな。俺はお前を女だと思っていない」

……失礼すぎるのではないだろうか、この勇者様。

腹が立つので、ありったけの荷物をテントの中央に並べて、壁を築く。

「こっち側に一歩でも入ったら許さないからね」

そう宣言した私に対するハッピーの返事は、さらにムカつくものだった。

「それはこちらのセリフだ。その怪力で俺を潰すなよ」

きぃいっ！　ホントに人を苛立《いらだ》たせる天才だな！

はあ……こんな調子でやっていけるのかな、私達。不安しかない。

私が肩を落とした次の瞬間、ハッピーの方からくーくーと寝息が聞こえてきた。

え？　もしかして、この一瞬で寝ちゃった⁉　早っ！

枕元に置いたオイルランプも消さずに寝てしまったハッピー。

今日は竜と戦ったし、一日で結構な距離を歩いた。疲れたんだろうな。

壁を越えるなと言ったのは私だけど、火事になっては困る。ランプの火を消すために、壁の向こうにいるハッピーにそーっと忍び寄った。

「まったく、選ばれし勇者様のくせに不用心ね」

文句を言いつつ、ふとハッピーを見下ろす。そのランプに照らされた寝顔に、ドキッとした。

やだ……可愛い。

自分が一番な自信家で、憎《にく》まれ口を叩いてばかりの男だけど、寝顔は昼間と違って無防備で可愛い。

そういえばハッピーは私より一つ年下なんだよね。なんだか自分がすごくお姉さんになった気分。

そう思うと、多少わがままだろうと口が悪かろうと、許せる気がした。

その後、私も疲れていたのか、横になってすぐに眠りについて——目覚めた翌朝。

早く起きて身支度や剣の訓練を終えたハッピーが、おはようの挨拶《あいさつ》代わりに一言放った。

「遅いぞ！　料理もできない上に寝坊だとは、怪力以外本当に役立たずだな」

……やっぱり、この男の口の悪さは、そう簡単には許せないかもしれない。

異世界に来て三日目、またも朝からひたすらてくてくと歩いている。

今日も体は絶好調に軽いのに、突然、気分がどっと重くなった。

ハッピーといるのが嫌なわけでも、野宿が嫌だったわけでもない。

竜を食べるのはできれば遠慮したいけれど、この重い気分の原因とは違う。

——異世界三日目にして、やっとその深刻さが身にしみてきたのだ。

最初は物珍しくて、外国へ旅行に来たような気持ちが少しあった。

しかし、これは旅行とは違う。先がまったく見えないし、いつ帰れるかもわからない。最悪の場合、帰れないかもしれないのだ。

それに気がついたから、気持ちが沈んでしまったのだろう。

私の不在は、元の世界で気がつかれているのかな。時間の流れが同じであれば、今日は休み明けの出勤日。出社しない私を、同僚が探してくれるだろうか。海外にいる両親に、連絡が行くかな。

そういえば、スマホは祖母の家のテーブルに置きっぱなしだ。

……ああ、もう、落ち込む一方なので考えるのはやめよう。

そう思っても、今日はなかなか気持ちが晴れない。

崖《がけ》に挟まれた間の道を歩きながら、私は遠い空を見上げる。晴れ渡ったルーテルの空さえ、恨《うら》めしくなってきた。

「はぁ……」

思わずため息をついた私に、ハッピーが声をかけてくる。

「なんだ、鬱陶《うっとう》しい。ため息などついて」

「いや、いろいろと考えると気が重くてね」

聞いてきたくせに、ハッピーはフンと鼻であしらった。

——それもそうか。

常に私の半歩先を歩く勇者様は、本当は一人で旅をしたかったはず。

昨日竜をやっつけたのは私でも、あれは事故みたいなもの。実際には荷物持ちくらいしかできない私に、使命を背負った勇者様と一緒にいる価値はあるのだろうか？

「……どうせ私なんか」

そう漏らした私の声が聞こえたのか、どうなのか。

ハッピーが先を指さして言う。

「そろそろこの地方の神殿があるはずだ。そこに行けばゆっくり休めるから気も晴れるだろ。頑張れ」

おや、なんだかちょっとハッピーが優しい？　励ましてくれた。

ほんの少し気分が浮上してきたその時、背後にかすかな気配を感じた。

それに、カサカサって音が聞こえたような……

振り返ると、岩の陰に何か見えた。

「ハッピー、後ろに何かいる……？」

声を潜《ひそ》めてハッピーに知らせると、彼は振り返りもせずに私に告げた。

「知っている。小さい竜がいるな。前を向いてそのまま歩け。多分まだ暴竜にはなっていないから、向こうからは襲ってこない」

ええ、また竜なの？　しかも無視して歩けって……

黒竜王に感化していない竜は、人を襲わないと本に書いてあったし、ハッピーや神官さんもそう言っていた。とはいえ、やっぱり怖いものは怖い。

早足で逃げようとして——足元の凹凸《おうとつ》に気がつかなかった私は、思いっきり躓《つまず》いた。

「きゃっ！」

両肩に荷物を担《かつ》いでいるので、バランスを崩してそのまま地面に倒れる。

幸い、ふわんと倒れたので私自身は痛くなかった。しかし、ざざーっと派手に音を立てて細かい石ころが散る。

次の瞬間――

「ギャッ！」

後ろに隠れていた竜が、声をあげて走ってきた。そのまま倒れている私の前に回り込み、長い後ろ脚で立ちはだかる。

昨日の竜の大きさの半分ほどもない茶色い竜だ。その目は黒く、暴竜の証《あかし》であるという、赤く妖《あや》しい光を放ってはいない。

それでも唸《うな》りながら私を睨《にら》む顔は怖い。鼻息も荒いし。

やっぱり怖いよ！　何より、トカゲを大きくしたこの見た目が怖い！

襲ってこないって言ってたくせに！　ビックリさせたから、怒ってる？　やだ、どうしよう。

動けない私の前で、竜は口を大きく開く。そこで、尖《とが》った歯が見えた。

「ひぃいい！　噛まないで！」

逃げることもできず、私は頭を抱えて地面に丸くなる。すると、ハッピーが静かな声で言う。

「トモエ、落ち着け」

この状況でどうやって落ち着けと!?　あんたはよく落ち着いていられる……って、アレ？

ちっとも噛みついてこない？

そーっと顔を上げると、目の前にあったのは竜じゃなく、ハッピーの後ろ姿。間に入ってくれたんだ。

しかしハッピーは剣も抜かずに、じっと竜の目を見つめている。手を伸ばし、制止するみたいに竜の目の前に手のひらをかざすだけ。

一方の竜はまだ鼻息が荒く、口を開けたまま低い唸《うな》り声をあげている。今にもハッピーの手に噛みつきそうで、背筋が冷たくなった。

「大丈夫、噛まないな？　少し驚いただけだよな？」

穏やかなハッピーの声は、竜に向けたものなのか、私に向けたものなのか。

唸《うな》り声は止まり、次第に竜は落ち着いてきた。

私とハッピーを睨《にら》んでいた目は穏やかになり、口も閉じる。こちらに敵意がないとわかったのかな。

「よーし、いい子だ。行け」

ハッピーの優しい声に答えるように、竜はギッと一声鳴いてくるりと背を向ける。

すごい……！　ハッピー、すごいよ。

剣で戦うだけじゃなく、手も触れずに竜を宥《なだ》めるなんて。

いくら暴竜じゃないと言っても、あの牙《きば》が並ぶ口の前に手を出すなんて、よっぽどの勇気がないと無理だ。

トコトコと二足歩行で走っていく竜の背中に、私も声をかけた。

「びっくりさせてゴメンね」

苦手な爬虫類《はちゅうるい》にそっくりでも、やっぱり謝っておかないと。驚かせたのは私だ。

また遠くで、ギッと返事みたいな声があがる。私は驚いた。そういえば、さっきもハッピーに返事したように聞こえた。こっちの言葉を理解しているのかな。

「賢いのね、竜って。……人の言葉がわかってるみたい」

「ああ。本来竜はとても賢い生き物だ。ラーテルで黒竜が人の祖になったくらいにはな」

そっか。そういえば神殿で神官さんも言ってたね。黒竜王は竜を祖先に持つって。

まあ、今はそれは置いておくとして。

「ゴメンね、私がドジだから竜を怒らせて」

ハッピーにもちゃんと謝っておかないと。お小言が飛んでくるかなと少し身構えたけれど、意外にもハッピーは手を差し出してきた。

「立てるか？」

そういえば私、転んで地面にへたりこんだままだった。

「う、うん」

私が手を伸ばすと、ハッピーは私の手首を掴んで起こしてくれた。その手の力強さに、胸がドキッとする。

「あ、ありがとう」

「礼を言われるほどのことではない。旅の連れが地面に座り込んでいるのを放っておくのは、後味が悪いからな」

ハッピーはぷいっと顔を背《そむ》けて、歩き出した。相変わらず可愛げがないけど……ハッピー、私のことを旅の連れだと認めてくれているんだな。

最初はすごく嫌そうだったのに、私の存在を認めてくれた。私も一緒に行っていいんだ。

なんか嬉しいかも。そう思った瞬間に、もやもやした気持ちがぱっと晴れた。

よーし、勇者様と一緒にもうちょっと頑張ろう！

気分が晴れたおかげで、足取り軽くさらに西に進むことしばし。

大きな湖が見えるとても景色のいいところに来た。対岸が見えないくらい大きくて、湖だと聞いてなかったら、海だと思ったかもしれない。

湖の脇に延びる平坦な一本道は、石畳《いしだたみ》で整備されていて歩きやすい。

途中で出会った人に聞くと、この先の湖畔《こはん》の村にこの地方の神殿があるらしい。今日は野宿したり竜を食べたりしなくて済みそう。

ホッとしていたのも束の間――

「助けて！」

遠くからそんな声が聞こえて、ハッピーと顔を見合わせた。

道の前方から何かが迫ってくる。このパターン……激しくデジャヴ。

いや、猛スピードで駆けてきたのは竜じゃない、馬だ。その背には人が乗っている。

問題は馬の背後――何かが馬についてきている。

その何かは、馬と人が普通の大きさならば遠近感がおかしい。馬よりもかなり後ろにいるはずなのに、馬よりも大きく見えるのだ。

一本道の街道を近づいてくる馬と巨大な紫色の生き物……やっぱり竜？

しかも遠目にも、さっきの小さい竜みたいな穏やかな目をしていないことがわかる。

赤く妖《あや》しい色に光る目は、最初に見た緑の竜と同じ。暴竜と化しているのだ。

「暴竜に追いかけられているんだ！　助けなきゃ！」

私がそう言い終わる前に、すでにハッピーは剣を抜いていつでも戦える体勢を取っていた。さすがは勇者様だ。

かなりの勢いで走ってきた馬は、私達の姿を確かめると前脚を上げて急停止した。馬に乗っている人が、手綱《たづな》を引いたのだろう。

「あなた達も逃げてください！　竜が！」

馬の背に乗っていたのは若い女の人。彼女は必死な声で訴《うった》える。

「ああ、見えてる。俺は逃げないがな。トモエ、その人を安全なところへ」

ハッピーはそうクールに言い残し、竜に向かって駆けだした。

中身はアレでもやっぱりカッコイイな、勇者様。お言葉に甘えて、竜はハッピーにお任せして……

「こちらへ」

私はハッピーに言われた通り、馬で逃げてきた女性を保護しなきゃ。とはいえ、開《ひら》けた一本道に、身を隠す場所などない。私は馬を先導して、竜と充分な距離を取る。

「よし、このくらい距離があれば大丈夫。馬から降りてもいいですよ」

私の言葉に頷《うなず》き、女性が馬から飛び降りてくる。その女の人はとても美人さんで、おそらく年下。余程急いで逃げてきたのだろう、へたりこんでしまった。

「大丈夫？」

私が声をかけると、美人さんは弱々しく頷《うなず》く。怪我はなさそうでよかった。

彼女は一人で竜に向かっていったハッピーが気にかかるらしく、後ろを振り向く。

「はい。でも、あのお方は大丈夫なのでしょうか？」

「一応勇者様だし、強いから平気よ」

「勇者様なのですか！」

女の人が、きらーんと音が聞こえそうなほど目を輝かせた。なんだか元気になったみたい。やっぱり勇者様は、この世界でも憧れの存在なのだな。

私達が避難しているうちに、ハッピーと竜の戦いはすでに始まっていた。

紫の竜は首が長く、脚は短め。特に前脚はとても小さい。頭に角《つの》っぽいものがあって、ゲームで見たドラゴンそのものだ。あまりトカゲっぽくないから、まだ許容範囲。

ちなみに、昨夜晩ご飯になった緑の竜より一回りは大きい。その分、少し動きが遅いみたいだ。

ハッピーはひらひらとすばしっこく動いて剣を振るい、自分の何倍もある相手をかなり翻弄《ほんろう》している。見るからに硬そうな竜は、何度斬《き》りつけられてもなかなか倒れないものの、ハッピーは危なげなく立ち回っている。

「すごいです！　勇者様ステキ！」

そんな女の人の声が聞こえたのか、ハッピーの動きのキレが増す。勇者様は褒めると伸びる子なのかな。

ざくっと首の辺りを剣で斬《き》られ、竜がよろける。血が赤くないのか、それとも血は出ていないのかわからないけど、あまり生々しくないのが救いだ。

赤く妖《あや》しい光を放っていた目の力が、弱くなってきた。もう少しで倒せそう？　私は何もしなくて済みそうだ。

そう思った時、竜の背から何かが生えて、広がった。

「え……？」

それは巨大な翼だった。蝙蝠《こうもり》のような薄い翼が、バサ、バサと、風を起こしながら動く。すると、傷だらけの竜の巨体が浮いた。

え、飛んだっ？　翼があったんだ、この竜！　というか、飛べるのなら、なぜ走って馬を追いかけていたんだろう——というツッコミは置いておいて。

「くそっ！」

空に浮かんだ相手に、剣は届かない。トドメを刺し損ねて、ハッピーは悔しそうだ。

竜はそのまま逃げればいいものを、今度は上空からハッピーを攻撃しはじめた。さっきまで散々やられたから、怒っているだろう。

動きは鈍《にぶ》くて、飛ぶのはあまり得意ではなさそう。それにフラフラで、弱った竜の最後の抵抗みたい。ハッピーの攻撃も竜の攻撃も互いに当たらず、決着がつかない。

なんとかならないかな……私は考えてみる。

そうだ、また石でも投げてぶつけたら、竜が落ちてくるんじゃない？　私は急いで周囲を見回し、石を探す。しかし、生憎《あいにく》綺麗に整備された石畳《いしだたみ》の道には、前回投げたような岩などない。

仕方ない、石畳《いしだたみ》の敷石を一枚借りよう。敷石に手をかけると、案外簡単に持ち上がった。

「よいしょっ」

「えっ!?」

私が石を軽々持ちあげたのを見て、女の人が驚いて飛び上がる。しかし今は気にしていられない。

平たくて四角い敷石は思いの外大きい。厚みは二十センチほどでも、縦横は一メートルくらいあるかな。綺麗な道に穴を空《あ》けてしまったのは、お許しいただきたい。

「ハッピー、気をつけてね」

一応そう注意を促《うなが》して、円盤投げの選手よろしく、私は身を捩《よじ》って思い切り石を投げた。平らな石はフリスビーみたいに回転しながら宙を舞う。

「わっ！」

私が放った石は、ハッピーの頭上を掠《かす》めて、竜に向かって高速で飛ぶ。

本体にストライク……とまではいかなかったけれど、竜の片側の翼に石が当たった。

「ギャッ！」

声をあげて地面に落ちた竜。よし、うまくいった！

「トドメはよろしくね、ハッピー！」

「お、おう……」

なんだか気の抜けた返事をして、ハッピーは再び剣を構えた。そして竜の眉間に思い切り剣を突き立てる。

その瞬間、私はぎゅっと目を閉じた。怖い相手でも、やっぱり最期《さいご》の瞬間はあまり見たくない。断末魔の声もなく、ざくっという不快な音だけが聞こえた。

――しばらくの沈黙の後。

「やりましたね！」

女の人が喜びの声をあげたので、私は目を開ける。すると、動かなくなった竜を背に、ハッピーが剣を鞘《さや》に収めながらこっちに歩いてくるところだった。

「ありがとうございました。すごいです！　さすがは勇者様」

嬉しそうに駆け寄った女の人に、ハッピーは優しい口調で返す。

「礼などいい。お嬢さん、お怪我はないですか？」

ほう。勇者様、私に対してとは、えらく口調が違うじゃないのよ。

「はい。私は大丈夫ですが……」

女の人は私を振り返りつつ頷《うなず》いた。なんとなく目が怯《おび》えているように見えるのは気のせい？

「それはよかった。――おい、トモエ。捲《めく》った石畳《いしだたみ》の石、戻しとけよ」

爽《さわ》やかな笑顔でハッピーが言う。前半は女の人に向けて、後半は私に向けて。口調はやはり、コロッと変わっている。

――さっきはいい奴だと思ったのに、やっぱりムカつくな、この勇者様。

落ち着いてから、私達は改めて自己紹介した。

女の人はリンさん。今日泊まる予定の、神殿のある村の村長の娘だという。

「突然あの竜が村に来て、暴れはじめたのです。あまり被害を出さないようにと、私が馬を走らせて引きつけ、村を離れてみました。引き寄せられたのはよかったのですが、すぐに追いつかれて……」

そう説明してくれたリンさんは、自《みず》らの体を抱いて震えた。

私はリンさんの行動に純粋に感心する。村長の娘だからって、他の人を助けるために囮《おとり》になるなんて、そうできることじゃない。

「リンさんはすごく勇気があるのね。あなたの方が勇者みたい」

私に他意はなかったのだけど、ハッピーには少し皮肉めいて聞こえたみたいだ。

「俺は勇者らしくなくて悪かったな」

「誰もそんなことは言ってないじゃない。ハッピーはちゃんと竜を倒したんだから」

「フン。お前の手助けがあったからと言いたいのだろう」

ムカーッ！　ホント、ひねくれてる！

でも、ここは我慢だ。私の方が大人なんだから。

勝手に拗《す》ねた勇者様は放っておいて、私はリンさんの話で気になったことを聞いてみる。

「あの竜が暴れて、あなたが引きつけなきゃいけなかったということは、村には被害が出たの？」

「はい。村人は皆、すぐに神殿に逃げたので酷い怪我人や死人は出なかったはずです。しかし軽傷の者はおりますし、家や畑は荒らされて、かなり酷い状態です」

「……そうなんだ」

最悪の事態には至っていないのは幸いだけれど、困った。

神殿は無事とはいえ、村の人も困っている状況で、泊めてほしいなんて頼めない。迷惑をかけてしまうなら、今日も野宿した方がいい。

そう判断する一方で、屋内でゆっくり休めることを期待していた私は、肩を落とした。

そんな私をよそに、ハッピーはさっさと歩きはじめる。

「ボケッとするな。行くぞトモエ」

「どこへ？」

「襲われた村に決まっているだろう。神殿で話を聞きたいし、後片付けを手伝わないとな」

ハッピーの言葉に、なるほどと頷《うなず》く。困っている人を助けるのも、勇者の務めだ。

私が立ち上がると、リンさんは嬉しそうに口を開く。

「私がご案内します！　あの、トモエ様、重そうなお荷物は馬に」

私が担《かつ》ぎ直した荷物を示し、リンさんは気遣ってくれたけど……

「いいの。この荷物がないと、私、変な歩き方になっちゃうから」

リンさんは首を傾《かし》げ、腑《ふ》に落ちない表情を浮かべる。しかし説明するのが面倒なので、私はそのまま笑顔で誤魔化し、一緒に村に向かった。

リンさんの住む湖畔《こはん》の村に一歩足を踏み入れ、ハッピーが唸《うな》るように呟《つぶや》く。

「酷いな」

「うん……」

私も思わず息を呑んだ。

思っていた以上に、村は散々な状態だった。

木と石造りの簡素な家は何軒も壊されていて、瓦《かわら》屋根も石垣もバラバラ。畑は踏み荒らされ、リンゴに似た果実をつけた大きな木も、根元から薙《な》ぎ倒されている。

きっと穏やかで綺麗な村だったのだろうけど、見るも無惨《むざん》だ。よくこんな中で死者が出なかったものだ。

村のために囮《おとり》になったリンさんを心配していた村の人達は、彼女の無事を喜び、勇者を大歓迎してくれた。

リンさんのお父さん——この村の村長は、私達に申し訳なさそうに頭を下げる。

「娘を助けてくださったうえ、竜を倒していただき、本当にありがとうございます。しかし、勇者様方をお迎えするのに、満足におもてなしもできず……」

「いいえ、気になさらないでください」

こんな大変な状況でもてなしてもらおうなんて、私もハッピーも思っていない。

幸い神殿は無傷で、寝泊まりするところは貸してもらえるという。リンさんがこの村の神殿を守る神官さんを呼びに行ってくれたのだが……

「お待ちしておりました。勇者様、聖女様」

現れたのは、青い長髪と髭《ひげ》の知った顔だった。首都にある神殿で最初に会った神官さん。って、ハッピーから荒い扱いを受けているから忘れていたけど、私は聖女という役回りだっけ。

「あれ？　神官さん、どうしてここに？　先回りしていたんですか？」

私が驚いていると、神官さんは困ったように笑う。

「首都の主神殿の神官とお間違えですか？　兄弟なのでよく似ていると言われますが、別人ですよ」

いや、似ているというレベルじゃない！　とても別人には見えない……。一卵性の双子みたいにそっくりだ。

ちなみに話によると、神官さんは八人兄弟。その全員が神に仕える職についていて、それぞれ違う地方の神殿を任されているのだという。その兄弟の長男が、首都にある主神殿の神官さん。各地にいる他の兄弟も、全員よく似ているらしい。

この先他の村や街の神殿でも、同じ顔が待っているのだろうか。そう思うとかなりシュールだ。

そういえば昔のゲームでは、どこの教会に寄っても同じ顔の人が待っていた。まさにアレ？

まあ、それについては、この世界の独自ルールとして受け止めよう。

私が自分を納得させようとしていると、神官さんはハッピーに向かって声のトーンを落とす。

「黒竜王について、勇者様とお話が……」

「何だ？」

ハッピーと神官さんは小声で難しそうな話を始めた。

——つまり、私はヒマになってしまった。

よし、手持ち無沙汰《ぶさた》だし、この怪力を利用して少しでも村を元に戻すのを手伝おう。

村を見回すと、すでに復旧作業が始まっている。でも石垣の石一つ積み直すのも数人がかりで大変そうだ。

私も手伝わせてと頼むと、村の人達は激しく遠慮した。

「そんな、勇者様のお付きの女性に、力仕事など滅相《めっそう》もない！」

勇者のお付きの女性……それは一体どんな役目として認識されているのだろうか。

実際はただの荷物持ちなんだけど、まあそれはいいか。

「大丈夫ですよ。私は力持ちですから。手伝わせてください」

「しかし……」

そんな私と村の人達のやりとりを、先ほど私が石畳《いしだたみ》を捲《めく》って投げたのを目撃したリンさんだけが苦笑いで見ている。

まず私は、水路を塞《ふさ》いでいる大きな岩をひょいと持ち上げた。すると、村の人々は目を丸くして、腰を抜かす人までいる。

「力の女神様の再来じゃ！」

「ありがたや、ありがたや」

皆さん、そんなに涙ぐんで拝《おが》んでいただかなくても……ん？　力の女神様？　なんだろう、それ。気になるけれど、これで本当に私が力持ちだと伝わった。とりあえず私を心配する人がいなくなったので、お仕事開始だ。

「さあ、日が暮れるまでに、少しでも早く村を元に戻しましょう」

大きな石でも片手でホイホイ持てちゃうので、私としては重労働じゃない。それでも村の人達は大層喜んでくれた。この怪力が初めてまともに人の役に立ったのではないだろうか。

しばらくすると、ハッピーは神官さんとの話が済んだらしく、復興の手伝いにやってきた。一緒に壊された民家の壁の石を積み、瓦礫《がれき》を退《ど》ける。

みんなで協力した甲斐あって、夕方にはあらかた片付けることができたのだった。


大まかな片付けを終えたところで、村の女の人達とリンさんが声をかけてくれた。なんと、神殿に食事とお風呂の用意をしてくれたという。

わあ、お風呂！　嬉しい！

「せっかくの珍しいお召《め》し物が汚れてしまいましたね。湯あみの間に洗わせていただきます」

リンさんがそう言ってくれて、洗濯までしてもらえることに。

私の服はくたびれたジャージだ。お召《め》し物だなんて言ってもらって申し訳ない。でも夢中で働いている間に泥だらけになっていたので、とてもありがたい。

替えの服とタオルを受け取り、感謝の気持ちを捧《ささ》げながら、お風呂に向かった。

通してもらったお風呂は、若干《じゃっかん》日本風。タイルの洗い場や湯舟、木の洗面器と椅子など、祖母の家のお風呂に似ていて、落ち着く。石鹸《せっけん》はハーブっぽい香りのもの。

異世界なのに、不便が少ないのは重ね重ねありがたい。

お風呂から出てタオルで体を拭き、リンさんが用意してくれていた服を見て――ちょっとびっくりする。

それは菫色《すみれいろ》の柔らかい布でできた、とても綺麗な服だった。たっぷりの布の袖、前合わせでウエストを太めのリボンで縛るデザインは、少し着物に似ている。

これって、こちらの世界でいうドレスなのかな？　妙にひらひらしている。

こんな上等そうな服を借りてしまって、いいのだろうか。村の人達の服装はみんなかなり質素だった。村長の娘だというリンさんでもだ。これは誰かの一張羅《いっちょうら》というやつなのでは？

断るにしても、ジャージは洗濯中。実は神殿が用意してくれた服があるのだけど、それはできれば着たくない。

神殿が用意してくれた服は、下着以外はほぼハッピーとお揃いなのだ。短時間で揃えてくれたから仕方なかったのかもしれないが、ハッピーとペアルックで旅をするのは遠慮したい。

悩んだ末に、ドレスをお借りすることにした。

足首までの菫色《すみれいろ》のドレスはジャストサイズだった。着てみると、エスニックデザインのマキシ丈ワンピースという雰囲気だ。着心地はとてもいい。

着替え終わった頃、丁度リンさんが様子をうかがいに来てくれた。

「湯加減は大丈夫でしたか？」

「ええ。すごく気持ちよかった。でも、こんな綺麗な服、借りてしまっていいの？」

そう聞くと、リンさんは悪戯《いたずら》っ子《こ》のように笑う。

「とてもよく似合いますわ。それは祭りの時に女神様役が着る衣装なんです。昔、今日みたいに暴竜に村が壊された時に、その服によく似た格好の黒髪の女神様が通りかかり、一日で元通りにしてくださったという言い伝えがあって。トモエ様は聖女様だとおうかがいしましたが、まるでかつての女神様のように助けてくださったのですもの」

「そんな、私、大したことはしてないよ。ちょっと力が強いだけで……」

女神様と並べられるのは抵抗があるけれど、なるほどと納得した。

それでさっき、村のお年寄り達が女神様の再来だと私を拝《おが》んだのか。確かに私も、前髪の一部を除けば黒髪だし。

得心《とくしん》がいった私とは逆に、リンさんの反応は微妙だ。

「あんなに大きな石を投げて竜を落とすなんて、ちょっとどころじゃ……ああ！　聖女様であるトモエ様は、その強さを隠して勇者様を守護しておいでなのですね。わかりました、トモエ様が竜に石を投げられたことは秘密にしておきます！」

胸の前で手を組みながら、うっとりした目で何度も頷《うなず》くリンさん。

ハッピーが勇者様だと教えた時の反応から薄々察していたけど、リンさんはちょっと思い込みが激しくて夢見がちなお嬢さんなんだな。

まあいいか。リンさんがあまりに可愛くて面白いので、私は何も言わずに軽く頷《うなず》いておいた。

それからリンさんは、神殿の広間で食事だと言って案内してくれた。

広間に入ると、そこには大勢の村人がいて、どよめきをあげる。

何、やっぱりこのドレスのせい？

「おお、やはり女神様じゃ！」

「ありがたや、ありがたや」

……また拝《おが》まれてしまった。

ぐるりと広間を見回すと、奥にハッピーを発見して、私は彼の隣に座る。

するとハッピーは、つまらなさそうに私を見て口を開いた。

「へぇ、その格好なら、一応女に見えるな」

相変わらず嫌味っぽいね、ハッピー。

でも拝《おが》まれるよりも、その可愛くない発言の方がいい。不思議とホッとしてしまったのだった。

今日は、台所が壊れた家が多いこともあり、勇者様の歓迎を兼ねて、神殿で大食事会となったらしい。村中の人が集まり、さながらお祭りのように賑《にぎ》やかだ。

テーブルには炊《た》き出し感たっぷりの食べ物がたくさん用意されていた。

あっ、おにぎりがある！　そうだよね、炊《た》き出しといえばおにぎりだ。

私が知るお米より随分粒が大きくて、これをお米と言っていいのかはちょっぴり疑問だけど、日本人としては嬉しすぎる。

「畑が荒らされてしまったので、大したおもてなしができず申し訳ございません」

頭を下げる村長に、娘のリンさんが明るくツッコミを入れる。

「まあ普段でも、そんなに豪勢なものはない田舎《いなか》ですけどね」

わははと村の人達が笑った。

なんだか親戚が集まった時みたいな雰囲気で、心地いい。まだ大変だろうに、村の人達が明るくてよかった。

その後、食事が終わってひと息ついたところで、突然ハッピーが村長に切り出した。

「俺達は黒竜王を倒すため、その居所《いどころ》の手掛かりを持っているかもしれない先代の勇者を探している。誰か心当たりはないだろうか」

和《なご》やかなムードから一変して、村の人達はしーんと静まる。みんなは考え込むように黙《だま》っていたけれど、しばらくして一人のおじさんが口を開く。

「ひょっとしてラキトス爺《じい》さんのことじゃないかな?」

その言葉に、他の年かさの人達が「ああー!」と声をあげた。そして口々に言う。

「多分そうじゃよ。今はただの変わり者の偏屈《へんくつ》な爺《じい》さんだが、若いころは有名な剣豪だったという話を聞いたことがある」

「年寄り達はラキトス爺《じい》さんをひどく敬《うやま》っておったしな」

「年に何度か、気まぐれに舟で薪《たきぎ》を持ってきて、村で採れた野菜と交換していくんですがね。ここ数カ月見てないなぁ」

確か神殿では、先代をラッキーと呼んでいた。

ラキトス、ラッキー……ちょっぴり似ている。もしかして、もしかするかも。

「その人はどこに？」

私が尋ねると、最初に声をあげたおじさんが真顔で答えてくれる。

「この村のそばに、湖があるだろう。その対岸あたりの深い森の奥に、人を避けるように住んでるよ。まだ生きていたら——だけどね」

食事会がお開きとなり、村の人達はそれぞれ家に帰っていった。私とハッピーは、神殿で休ませてもらうことに。

各々《おのおの》個室を用意してくれたので、私は部屋に入ってベッドの上に転がった。

……はあ。なんだかんだで今日も疲れた。

でも竜を倒せたし、少しだけ村の人の役に立てた。

美味《おい》しいおにぎりをいただき、お風呂も借りて、柔らかいベッドで寝かせてもらえる。

先代の勇者かもしれない人の情報まで得られた。

何より、ハッピーが私を助けてくれたし。いい一日だったかな。

……満ち足りた気持ちで、私が寝ようとした時。

「起きてるか？」

そう声がしたかと思うと、いきなりハッピーが部屋に入ってきた。

ちょっと、女子の寝室にノックなしで入ってくるって、あり？　もし着替え中だったらどうするつもりだったんだ。

「ノックぐらいしてよ」

私の注意など聞いてもいない様子で、ハッピーはこちらに向かって歩いてくる。

そしてまっすぐに私を見つめた。

「トモエ」

「な、何よ？」

すごい勢いで入ってきたわりに、ハッピーは名前を呼んでから黙《だま》りこんでしまう。

そしてぷいっと横を向いて、無造作に私に向けて手をつき出した。

「これ……やる」

差し出されたハッピーの手のひらに載っていたのは、革の細い紐《ひも》。それに、濃い紫の大きな丸い何かが三枚ぶら下がっている。ペンダント？

「私に？」

こっちも向かずにこくこく頷《うなず》くハッピー。

「綺麗ね。どうしたの、これ？」

「今日倒した竜の鱗《うろこ》で作った。竜の鱗《うろこ》はお守りになるというから」

彼は横を向いたまま、少し怒ったような表情だ。頬はやや紅潮《こうちょう》している。ひょっとして、照れているの？

何、なんか、きゅんってきた。か、可愛いかも！

「ハッピーが作ってくれたの？」

「ああ」

早く受け取れと言いたげに、ハッピーは手を動かす。

私が手を差し出してペンダントを受け取ると、彼は途端にくるりと私に背を向けた。そして来た時と同じように、また結構な勢いで出ていこうとする。

「あ、ありがとう」

私が声をかけると、ハッピーはドアのところで振り返った。その表情は満足げで少し優しい。

彼は小さな声で言う。

「お前がいてくれて助かる」

言い終わらないうちに、ハッピーはドアの向こうに消えた。

ドキッ、と胸が鳴る。

「え、ええと……」

憎《にく》まれ口ばっかり叩く人が、突然素直なことを言ったからか、すごく驚いている。

手渡されたペンダントをじっくり見てみた。

紫色のそれは、宝石を薄く削ったみたいで綺麗。でも、これはあの爬虫類《はちゅうるい》そっくりな竜の鱗《うろこ》だ。

しかも数時間前まで生きてたやつのを剥《は》がした……生？　そう思うとかなり気持ち悪い。

お守りとしてもあまり身につけたくない。

だけど、ハッピーが私のために作ってくれたのだ。大事にしよう。

……まあ、暴言くらい許そうかな。やっぱり可愛いところあるんだね、勇者様。


翌朝、私達は支度を整え、神殿を出発することにした。

「お世話になりました」

私が頭を下げると、見送りにきてくれたリンさんは泣きそうな顔で私の手を握る。

「また来てくださいね。この村の者一同、無事勇者様が黒竜王を討伐されることを心より祈っております！　お気をつけて！」

私達はリンさんや村の人達に手を振り、湖の対岸を目指して、てくてく歩き出した。

普段なら舟で湖を横切るそうだが、生憎《あいにく》、昨日すべて竜に沈められたり壊されたりしたという。

リンさんは馬を貸してくれると言ったのだけど、お断りした。私は一人で乗れないし、二人で一頭の馬に乗るとなると、荷物と人間二人……しかもハッピーは剣や鎧《よろい》もある。かなりの重量で、馬に気の毒すぎる。

そんなわけで、私達は湖に沿って歩いていくことにした。

ちなみに私は、いつものジャージ姿に戻った。あの女神の衣装は着替え用に持っていっていいと言ってくれたので、ありがたくちょうだいする。

さらに、おにぎりやお茶も持たせてもらって、軽くピクニック気分だ。

景色のいい湖沿いの道を、ハッピーと私はつかず離れずの距離を保って進む。

しばらくして、突然彼が思い出したかのように口を開いた。

「そういえば、さっきの村で女神の話を聞いた。お前にどことなく似ている気がした。首都の神殿では聖女という呼び名を得ていたが、実は女神なのか？」

トンチンカンな質問に、私は脱力する。くたびれたジャージ姿の女神様なんて、いるだろうか。

「違うに決まってるじゃない。私はたまたま『扉』を潜《くぐ》ってきただけの、普通の人間。こっちの世界では他の人に比べて怪力だけど、向こうじゃ特に力持ちでもないよ」

私の言葉に、ハッピーはなぜかやや怯《おび》えたような表情を浮かべる。

「そ、そうなのか。そんなに力が強くても、お前の世界では普通なのか……。お前の世界は恐ろしいところだな」

ハッピーは、ズレている気がするものの一応納得したようだ。

たぶん重力の違いでこの世界で怪力になっているだけだけど、確証はない。ハッピーにツッコミを入れるのはやめておこう。

……あれ、そういえば。『ルーテルの歩き方』の本に、『扉』を潜《くぐ》ってきた人の中には稀《まれ》に怪力を持った人がいるって書いてあった。

村の人が言っていた黒髪の女神様とやらは、ルーテルにやってきたばかりの普通の日本人女性だったんじゃないだろうか。もしそうだとしたら、私は女神様と同じということになる。

そんなことを考えていると、再びハッピーが何か思い出したらしい。

「それはそうと、トモエ」

まだ何かあるんでしょうか、勇者様。

思わず身構える私に、彼はやや小さな声で尋ねる。

「お守り、つけないのか？」

ううっ、来た！　ジャージで首元が隠れているから、気づかれないかなと思ったのに。

「あ、あれは……大事にしまってあるよ。ほら、ハッピーが作ってくれた特別なものだし、こんな服には似合わないから、もったいなくて。ここぞって時に、あのドレスと合わせてつけさせてもらうね」

私は曖昧《あいまい》な笑みを浮かべて誤魔化す。

「そうか、俺が作ったものは特別か」

ハッピーは私の言葉をなんだか好意的に受け取ったらしい。心なしかご機嫌に、足どりも軽くなっている。よかった……

そしてまた黙《だま》って二人でひたすら進む。

快晴で、暑くも寒くもない気持ちのいいお天気。今日は竜も襲ってこない。

とても静かな湖沿いの道で、聞こえるのは水辺に生えた草の葉をそよ風が揺らす音や、自分達の足音、遠い鳥の声くらい。湖は底が見えるくらいに水が澄《す》んでいて、時折小さな魚が跳ねる。

ああ、いい眺め。のどかだなぁ。

昨日のことを思うと、今日は寄り道してピクニックをしているかのような気分だ。

それから数時間歩いたところでお昼休憩。おにぎりを食べて、一息つく。

それにしても大きな湖だ。半日歩いても、一向に森が見えてこない。

「ねえハッピー、まだ森に着かないの？」

「おそらくまだ半分ほどしか来てないと思うぞ」

……そういえば対岸が見えないほど大きいんだもんね、この湖。乗馬に自信がなくても、馬を借りればよかった。

その後も黙々と歩き続け、それらしき森が見えてきたのは、もう陽が傾きはじめた頃だった。

「かなり暗そうね」

そこは森というかジャングルのような雰囲気だ。こんなところに本当に人が住んでいるのだろうか。

鬱蒼《うっそう》と茂った木々はどれも不思議な形。木によって違いはあるにせよ、全体的にとても高い。ひょろりとくねって伸びた幹には途中にほとんど枝がついておらず、天辺《てっぺん》でテーブル状に広がっている。幾重にも屋根があるみたいな状態だから、まだ陽が暮れていないのに、森の中はすでに真っ暗だ。

道らしきものもないけど、奥に行かないといけないんだよね……

躊躇《ためら》う私をよそに、ハッピーはさっさと歩を進める。こんなところに一人で置いていかれては困るので、私は慌てて後を追った。

「はぐれるなよ。竜や肉食の獣《けもの》がいるかもしれない」

「う、うん……」

気にかけてくれるのは嬉しいけど、恐怖心を煽《あお》られただけという気がしなくもない。そういえば怖い生き物って、大抵夜に動く気がする。

……何か襲ってきたらどうしよう。

先代の勇者は本当にここに住んでいるのかな。そもそも方向は合っているのだろうか。

「ねぇ、こっちでいいの？」

私が聞くと、ハッピーは妙に自信満々に言う。

「俺の勘は確かだ」

勘って……つまりは適当に進んでいるってこと？　その自信はどこからくるの？

不信感はあるけれど、ハッピーについていくしかない。

しばらくすると、暗さに目が慣れてきて、私の斜め前を行くハッピーの姿や周囲がなんとなく見えるようになってきた。とはいえ、怖いものは怖い。

鳥だか獣《けもの》だかわからない声やガサガサと葉が揺れる音が聞こえ、その度にビクビクと震えてしまう。

すぐ近くでガサッという音がして、ついハッピーの腕に掴まった。

「おい」

「だって怖いじゃない。何かいるみたいだよ」

「動物くらいいる。俺はお前に腕を握り潰されそうで、そっちの方が怖い」

失礼だね。いくら私が怪力でもそれは……と言いかけてやめた。

私は石を握り潰せるのだ。確かに、うっかりハッピーの腕を握り潰しかねないと反省して、手を離した。

それからも黙々と進んでいくが、人っ子一人見つからない。森はかなり広いみたいだ。

踏み込んだ時すでに陽が暮れそうだったから、もうすっかり夜になっただろうな。

もしかして、今日はこの森の中で野宿？

そう不安になった時、先の方にぼんやりと光が見えた。

「あっち、明るいよ。何かな？」

私が指をさすと、ハッピーも興味を惹《ひ》かれたようだ。

「行ってみよう」

明るい方を目指して進むうちに、サラサラとかすかな音が聞こえてくる。水音？

ハッピーもその音に気づいたようだ。

「これは――川があるな。川のそばには人が住んでいる可能性がある」

なるほど、確かにそうね。

人が生活するには水が必要だ。湖が近くにあるとはいえ、こんなに大きな森から出て水を汲《く》みに行くのは大変だろう。それに、明るいということは、家があるのかもしれない。

そう思うと俄然《がぜん》、早足になる。

歩を進めるにつれて、水の音が近くなってきた。そして明るさも増してくる。

でも家の灯《あか》りではなかった。周囲の木々を柔らかく照らしている光の正体は、水の音の出処《でどころ》そのものだったのだ。

目の前に広がった景色に思わず声をあげる。

「わぁ……綺麗！」

木々の間を縫《ぬ》うように、とても美しい小川が流れている。光は川から発せられていた。

正確に言うと、川底の石が輝いているのだ。ほのかに光る宝石を敷き詰めたような、あるいは地上に天の川が降りてきたような――とにかくとても幻想的な眺め。

光る石には、見覚えがある。『扉』を潜《くぐ》ったところにあった洞窟《どうくつ》みたいな場所で、天井からぶら下がっていた光る石と同じじゃないかな。

そんなことを考えながら川を覗《のぞ》き込んでいると、隣にいたハッピーがいきなり手で水を掬《すく》って飲みだした。

「喉《のど》が渇いていたからありがたい」

ハッピー……ごくごく飲んでいるけど、大丈夫なんだろうか。この世界に来てから今まで、野外で飲む水は煮沸《しゃふつ》消毒していた。

ここの水は川底が見えるくらい透明で一見綺麗だが、そのまま飲んでも問題ない水なのか。

「冷たくて美味《うま》い。お前も飲めよ」

そんな居酒屋で『まあ一杯』みたいな口調でお誘いいただいてもなぁ。

私も歩き疲れて喉《のど》が渇いているけれど、ちょっと現代日本人の理性が……

あ、でも竜だって食べたんだし、今さら？　川上から生活排水が流れ込むような場所じゃなさそうだし、『ナントカの天然水』だと思えば、平気かな。

私もしゃがみ込んで水を一掬《ひとすく》いすると、目を閉じてゴクリと飲んでみる。

ああ、ホントだ美味《おい》しい！　冷たくて体に染みわたる。なんだか甘い気さえするよ。

「ぷはー！」

「ぴぃ」

思わず、風呂上がりのビールをあおったおじさんのような声をあげてしまった。

ん？　なんか同時に、変わった声が聞こえたような……

顔を上げて川の向こう岸を見ると、子犬くらいの大きさの何かと目が合った。

「えっ？」

「ぴっ？」

見つめ合ったまま、『何か』は私と同時に首を傾《かし》げる。

それは、赤い鱗《うろこ》に覆《おお》われた小さな……

「りゅ、竜っ!?」

「ぴぴぃ！」

私も驚いたけど、相手も驚いたようだ。小さな竜はびくっと飛び上がると、一度転んでから大慌てで走りだす。そしてすぐ、闇に消えてしまった。

「ちぇっ、逃げてしまった。可愛かったのに」

残念そうに言うハッピー。私より先に、竜の存在に気づいていたらしい。

「可愛い？　竜だよ」

「まだ小さな子供だったぞ。目つきも妖《あや》しくなかったし。生き物は小さいうちならなんでも可愛いじゃないか。可愛いものは大好きだ。ああ、撫《な》でたかったな」

まあ……子猫や子犬なら、頷《うなず》けなくもない。でも竜はなぁ。

それにしても、ハッピーの意外な一面を発見した。ツンツン勇者様は可愛いもの好きなのか。

「それはともかく、子供の竜が水を飲みに来るってことは、近くに親がいるかもしれん。気をつけた方がいいな」

うっ、そう言われると怖くなってきた。

喉《のど》も潤《うるお》って休憩できたところで、私達は光る川に沿ってさらに森の奥へと進む。

川が光っているおかげで明るくて歩きやすいものの、あの小さな竜の親がいるかもと思うとやっぱりビクビクする。竜でなくとも、他の動物が水を飲みに来るかもしれないし。

そんな時、目の前の茂みが一際大きくガサガサッと音を立てた。

「きゃっ！」

どうやらかなり大きなものが近づいてくるようだ。

ハッピーが素早く私の前に出て、剣の柄《つか》を握った瞬間――

それは茂みから飛び出してきた。

「え？」

現れたのは竜でも獣《けもの》でもなく、人間だ。

身軽な動きだけれど、薄暗がりでもかなり高齢の男性だとわかる。その手には長い剣が握られていた。

「お前達は誰だ」

男性は低い声で言い、剣を突き出した。彼の目は野生の獣《けもの》のように鋭《するど》い眼光を湛《たた》えている。

「俺達は……」

「あっ、怪《あや》しい者じゃないです！」

ハッピーが言い終わる前に、私は両手を上げてさっと間に入った。

向こうは剣を構えているし、ハッピーも剣に手をかけている。明らかに人を拒《こば》む目をした相手をあまり刺激してはいけない。

怪《あや》しい者ではないとわかったのか、男性は剣を下ろしてくれた。私はそっと尋ねてみる。

「対岸の村で、噂を聞いて訪ねてきました。あなたがラキトスさんでしょうか？」

返事はない。

男性は不思議な表情で私をじっと見て、彫像のように動かなくなった。彼の深い海のような瞳が揺れている。

そして、川の淡い光に照らされた彼の髪の色に気がつく。

白髪がまじって薄い色に見えるものの、明るい紫色。私の前髪と同じ色だ……

男性は私をじっと見つめたまま、絞《しぼ》り出すように呟《つぶや》く。

「シズカ……？」

その口から出た名前に、私の心臓が大きく跳ねた気がした。

「えっ？」

私を誰かと間違えたのだとすぐに理解できたけど――

シズカ……静香《しずか》は、私の祖母の名前だ。私は祖母の若い頃に似ているとよく言われていた。これは偶然なのだろうか。

神隠しにあったという祖母。蔵にあった『扉』。この人の髪の色……

瞬時にいろいろなことが頭を巡《めぐ》り、混乱してしまう。

すると、ハッピーが私と男性の間に割り込んできて、慌てたように一礼した。

「先に名乗るべきところを失礼した。俺はハピエルド・タークと申す者。神殿より勇者として黒竜王を倒すべく遣わされた」

あっ、しまった！　ハッピーの言う通りだ。

人に名前を尋ねる前に自分が名乗るべきだった。私も慌てて頭を下げる。

「私はトモエといいます。『扉』の向こうの者ですが、縁あって聖女として、こちらの勇者様と一緒に旅をしています」

自己紹介はこんな感じでよいのだろうか。とにかく私がシズカさんでないと伝わったかな……

男性は黙《だま》って剣を鞘《さや》に収め、小さく呟《つぶや》いた。

「勇者と……そうか、シズカのはずがないな。失礼した」

敵対する者ではないとわかっていただいたところで、ハッピーがその人に問う。

「改めて尋ねさせていただく。ラキトス殿とは貴殿のことだろうか？」

「ああ」

男性――ラキトスさんが頷《うなず》いて、私はほっとする。

この人がラキトス爺《じい》さんだとわかったけれど、彼が先代の勇者だとは限らない。それに神殿で聞いていた先代勇者はラッキーという名だったはずだ。

「えっと、ひょっとしてあなたが黒竜王と戦った、勇者ラッキーさんでしょうか？」

私がそう問うと、ラキトスさんは小さく頷《うなず》いた。

「そんな愛称で呼ばれていた頃もあったな。昔のことだが」

やっぱり、ラッキーというのはラキトスさんの愛称だったのか。私が愛称をつけるとしても、きっとラッキーにしただろう。

先代の勇者を見つけて喜ぶと同時に、胸がざわざわする。

私はなんにでも愛称をつける人を知っている。まさにその人の名前が、さっきラキトスさんの口から出た……

戸惑う私をよそに、ハッピーがラキトスさんの前で片膝をつき礼儀正しく言う。

「やはり先代勇者殿でしたか。黒竜王についてご助言いただきたく、貴殿を探しておりました。ご協力いただけないでしょうか？」

ラキトスさんはしばらく何か考え込むように黙《だま》って、くるりと私達に背を向けた。

一瞬拒《こば》まれたのかと思ったけど、そうではないようだ。

「……もう夜だ。外で立ち話もなんだから、ワシの家に来るがいい」

そう言ってラキトスさんは顔を見合わせてから、ラキトスさんは歩きはじめた。ついて来いということらしい。

私とハッピーは顔を見合わせてから、ラキトスさんの後に続いた。

少し行ったところで、ラキトスさんが振り返って私に手を差し出す。

「お嬢さん、荷物が重いだろう。貸しなさい」

「あ、全然平気です。お気になさらず」

せっかくの心遣いを断るのは申し訳ないけれど、私は荷物を担《かつ》いでいることすら忘れていたくらい重さを感じていない。それなのに高齢の方に荷物を持っていただくのは気が引ける。

リンさんの村の人達から偏屈《へんくつ》だと聞いていたから、気難しい人なのだろうと思っていたけど、案外いい人みたい。

彼から一体どんな話を聞けるのだろうか。

空に浮かぶ黒竜王の城の手がかりも大事だけれど、私には確かめたいことができた。

ルーテルと私は、まったくの無関係ではないかもしれない。

ラキトスさんはひょっとしたら――

川沿いを進んでいくと、少し森が開《ひら》けた場所に出る。そこに先代勇者ラッキーことラキトスさんの家があった。

「あれだ。狭い家ですまんな」

家を指さしてそう言ったラキトスさん。その家を見て、私はとても感動した。

「わぁ……！」

ラキトスさんの家は地面ではなく、木の上にある。ツリーハウスというのか、太くて大きくくねった木の中程に、周囲に溶け込むように木造の小屋が建っているのだ。

出入り口は小屋の床部分で、丈夫そうな蔓《つる》で編まれた縄梯子《なわばしご》を使って出入りするみたい。まさに子供の頃に憧れた秘密基地そのもの。いいな、こういうの！

「木の上に住んでおられるなんて素敵ですね」

「森には危険な獣《けもの》もおるでな。まあ最近は年のせいか上《のぼ》り下りが難儀になってきたから、そろそろ引っ越し時かとも思っている」

そう言いながらも、ひょいひょいと身軽に上がっていくラキトスさん。彼は何歳なのかな。さすがは元勇者、若い頃から鍛《きた》えてきたのだろう。

ラキトスさんが家の中に消えたが、ハッピーはなぜか家を見上げたまま動かない。てっきりすぐ後に続くと思っていたのに。遠慮しているのかな？

「ハッピー、お言葉に甘えてお邪魔しようよ」

「あ、ああ」

なんだかはっきりしない様子で、ハッピーはおずおずと梯子《はしご》を上《のぼ》りはじめた。

疲れている上に、聖剣や装備が重いのかな？　不思議に思いながら、私も後に続く。

ラキトスさんの家の中は、かなり明るかった。

天井からは透明の瓶がぶら下がっており、瓶の中には川で拾ってきたのだろう、あの光る石が入っている。考えたなぁ。お洒落《しやれ》でエコな照明だ。

広さは八畳くらいで、随分とスッキリしている。

爽《さわ》やかな木の匂いのする室内には、隅の方に申し訳程度のキッチンらしきものと小さなテーブルに椅子が一つ。それに、簡素なベッドがあるだけ。

余分なものがないからか、なんだかとても落ち着く。

「茶でも淹《い》れよう」

ラキトスさんはそう言うと、キッチンに向かった。

夜分に押しかけた上、お茶まで出してもらうなんて申し訳ない。

「代わります！」

「いいから、その辺に適当に座れ」

ラキトスさんのお言葉に甘えて、私は隅っこの床で足を伸ばさせてもらう。今日はたくさん歩いたから、足がじーんとしていた。

一方、いつも偉そうなハッピーは、神妙な顔で黙《だま》って正座している。ついこの間勇者になったばかりだから、大先輩を前に緊張しているのかな。

借りてきた猫みたいなハッピーの様子が面白くて、ついからかいたくなる。日頃のささやかな逆襲だ。

「神殿で、『歴代の勇者もたいしたことない』『俺ならもう二度と現れないくらいに城ごと完膚《かんぷ》なきまでに倒してやる』……とか偉そうに言ってなかったっけ？」

私が小声で言ってやると、ハッピーは一瞬びくっとした後、真顔でしれっと返す。

「馬鹿、何を言ってんだトモエ。俺がそんなことを言うわけがない」

「馬鹿って何よ。言ってたじゃん、しっかりがっつり」

ものすごく自信満々にふんぞり返っていたのを、私は見たぞ。嘘はよくない。

先代勇者様に聞こえていないかと心配なのか、ハッピーはチラチラとキッチンの方をうかがいながら声を潜《ひそ》める。

「お前には、人に対する配慮とか気遣いはないのか？」

「その言葉、あんたにそっくりそのまま返したいよ？」

私達がそんなやりとりをしていると、ラキトスさんがお茶を持ってきてくれた。

少し緊張が解けていたハッピーが再び姿勢を正すのが見えて、私は噴き出しそうになるのを必死で堪《こら》える。

「マトモな湯呑みもなくて悪いな」

ラキトスさんはそう言って、小ぶりな湯呑みを手渡してくれる。ふわりと立つ湯気からはハーブみたいないい香りがした。

椅子が一脚しかないからか、ラキトスさんも私達と一緒に床に座った。

「さて、勇者殿。ワシに何を聞きたい？」

話を振られ、ハッピーがさらにしゃんと背筋を伸ばした。

「ご教授いただきたいことはたくさんある。まずは黒竜王の牙城は一つ所《ひとところ》に留まらず、常に動いていると聞いた。その行方《ゆくえ》を知る手立てを。かつて黒竜王と戦った貴殿ならば、ご存知かと」

ラキトスさんはハッピーをなんとも言えない目で見ている。それは孫を見るおじいさんの眼差《まなざ》しにも思えた。厳しい感じの人だと思っていたけど、案外優しそう。

「ただの爺《じい》さん相手にそう畏《かしこ》まらんでいい。もっと気楽に」

苦笑いでハッピーにそう前置きをしてから、ラキトスさんは答える。

「正直に言うと、城の行方《ゆくえ》を知る手立ては人にはない」

「え？」

あからさまにがっかりした顔になったハッピー。私も肩を落としてしまう。

だが、ラキトスさんの返答には続きがあった。

「黒竜王の空に浮かぶ城は、実は気の遠くなるほど昔に造られたもの。城はかつての魔法の力で勝手に動いておって、城の主《あるじ》と言われる黒竜王ですら自由には動かせんのだ。それ故、次にどの辺りに現れるのか、推測することもできん。だから、どこそこに現れたという情報があってから動いても、すでに城が動いた後。こちらは後手《ごて》に回る一方だ」

勝手に動くって……城自体が意志を持っているか、自動運転みたいになっているってこと？

気の遠くなるほど昔だとか、なんだか壮大な話だ。

今の話では城を見つけるのは困難に思えるけれど、この人は辿《たど》り着けたんだよね？

「では、ラキトスさんはどうやって城の位置を知って、乗り込んだのですか？」

ハッピーより先に今度は私が尋ねてみた。

その問いに、ラキトスさんは短く答える。

「竜に教えてもらった」

「竜に？」

私とハッピーの声が揃う。

私達になんとも言えない視線を送りつつ、ラキトスさんは詳しく説明してくれた。

「黒竜王の故郷ラーテルの人間は、竜が祖先。祖が同じである竜は、ここルーテル生まれであっても、黒竜王の波動を感じることができるらしい。ワシには勇者に選ばれる前から一緒だった飛竜がいた。それに導かれて城まで辿《たど》り着いたのだ。人によく懐《なつ》いていたから、黒竜王に反応して暴竜と化すこともなかったでな。残念ながら、何十年か前に死んでしまって、今はもうその飛竜はおらんが……。おそらく歴代の勇者も同じような方法で城に辿《たど》り着いたのだろう」

「なるほど……」

私とハッピーは同時に頷《うなず》く。

まずは竜を味方につける必要があるわけか。それ、すごく難しいよね。

遭遇する竜をバシバシ倒している場合じゃないのでは？　でもなぁ、なんか個人的には爬虫類《はちゅうるい》そっくりな生き物と旅をするのは嫌かも……

そんなことを考える私をよそに、ハッピーは次の質問に移った。

「黒竜王は一体なぜ、何度倒されてもまた現れるのか――俺には納得がいかない。先代はその理由を何かご存知か？」

それは私も気になっていた。二度と来ないよう先人達でなんとかできなかったのかと、ハッピーは言いたいのだろう。

ラキトスさんは少しだけ意地悪な笑いを口元に浮かべる。

「歴代の勇者が大したことがなかったからかの」

その言葉に私とハッピーは固まった。

うっ！　さっきの私達の話、ラキトスさんに聞こえてたんだ！　しまったー！

「あ、いや……その……」

これは非常に気まずい。ハッピーはタジタジだ。私のせいでゴメン、本当に。

でもラキトスさんは怒った様子もなく、悪戯《いたずら》っ子《こ》達を見守るような目でハッピーと私を見て、穏やかな口調で続けた。

「まあ間違いではない。城を壊せなかったのだから、ワシを含む歴代の勇者達の力が及ばんかったのが悪いのかもしれん。だが、言い訳ではないが、空に浮かぶ城というやつは、人の力でなんとかなる代物《しろもの》ではない。それは直接見ればわかると思う」

「……はい」

出発した時は自信満々だったハッピーが、だんだん萎《しぼ》んでいくみたいに見える。

人の力でどうにかなる代物《しろもの》ではない……か。そんなものと戦わなければいけないのかと思うと、自信家でも怖くなるのは当然だ。

それは私も他人事じゃない。『扉』が元に戻らない限り、帰れないのだから。

さらに先代勇者の説明は続く。

「城がある限り、黒竜王は何度でも現れる。もちろん毎度まったく同じ相手ではない。黒竜王とは、いわばラーテル側の選ばれし勇者。こちらの勇者と同じく代替わりしている。ルーテルとラーテルの界の境《さかい》が曖昧《あいまい》になる時期に合わせ、一族の中で最も強い一人を選んでいるらしい。そして黒竜王の名を与え、空に浮かぶ城の主《あるじ》として送り込んでくるのだ。城が動く限り、使命を全《まっと》うするまで、何度でもな」

「使命……」

ごくり、とハッピーが唾を呑む。

黒竜王はただの侵略者というわけではないということ？

「黒竜王の使命って何なんですか？」

そう問うたハッピーに、ラキトスさんは聞き返した。

「昔……このルーテルは人が住まぬ不毛の地であったことは知っておるな？」

「はい」

ハッピーの返事と一緒に、私も頷《うなず》いておく。その話は本に書いてあった。

そしてラキトスさんは語りはじめた。長い、二つの世界の話を。

「それに反して、ラーテルはとても豊かで命に溢《あふ》れた世界だったのだ。竜達の中で最も賢く強かった黒竜族は魔法に長《た》け、それを発展させて繁栄しておった。それがある時、一変した。原因はわからん。表と裏が逆転してしまったのだ」

表と裏が逆転？　片方が繁栄していた頃もう一つが不毛の世界だった。ということは、今ここルーテルが豊かな世界である以上、今度は……

「ラーテルの方が、不毛の世界になったということか」

ハッピーが私の考えていたことと同じことを言う。

ラキトスさんは頷《うなず》いた。

「そう。異変の後、なんとか細々《ほそぼそ》と生き残った黒竜族は、草木もろくに育たぬ暗い世界にいるらしい。かつて空に浮かぶ城を造り上げた魔法の力も、優れた文化も失い、滅びようとしている。黒竜王の使命は、このルーテルを手に入れ、ラーテルからすべての民《たみ》をこの世界に移住させること。これは本人がそう言っていた。幸い、毎度こちら側の勇者の勝利ということで、黒竜王の使命は果たされておらぬ。しかし、それが叶うまで、黒竜王は何度でも来る」

語り終えたラキトスさんは一息ついて、もう冷めてしまったお茶を啜《すす》った。

しばし落ちた沈黙の後、ハッピーがぽつりと呟《つぶや》いた。

「ラーテルについて、初めて知ったことがたくさんある……」

恐らく神殿の神官さんも知らない、実際に空に浮かぶ城で戦って本人に聞いた人しか知り得ない話を聞いて、ハッピーは衝撃を受けたようだ。

全然頼りなくないじゃない、歴代勇者様達——

私はそう思いながら、竜王の使命というのがとても気になった。

「滅びようとしている……か。なんだか、ラーテルの人達も可哀相な気がするね」

「シズカも同じことを言った。だからといって、こちらの被害は見逃《みのが》せん」

あ、またシズカという名前が出た。その人について聞きたいけれど、今は我慢。

本筋の黒竜王の話が優先だ。

「じゃあ、いっそのことラーテルからの移民を無条件で受け入れて、一緒に住むことはできないのでしょうか？　ルーテルは今までも他の世界から『扉』を潜《くぐ》ってきた人達を受け入れてきたのだから、難しいことではないように思いますが」

戦うのではなく、対話でわかり合うことができるのでは？

そんな甘い考えは、ラキトスさんにきっぱり否定された。

「それができれば毎度苦労はしておらん。黒竜族は今このルーテルにいる者をすべて従《したが》えるなり滅ぼすなりして、自分達だけのものにしないと気が済まないらしい。説得できる相手ではない」

「はぁ……」

面倒くさい話だなぁ。

私だって一応世界史を勉強してきたから、地球上の人間同士でも、民族間の争いが絶えなかったことは知っている。先住民を追いやり、元々あった文明を滅ぼしたこともあった。

住む世界そのものが違えば、なおさらそういうこともあるだろう。根本的に成り立ちや価値観が違う者同士なのだ、わかり合うことは難しいのかもしれない。

「俺も先代達を見習い、黒竜王と戦って勝利し、ルーテルの人達を守ってみせる!」

あ、ハッピーが復活した。

拳《こぶし》を握って力強く言ったハッピーを見るラキトスさんは、やっぱり孫を見るおじいさんみたいな優しい眼差《まなざ》し。

「そなた達にいいことを教えてやろう。ワシの前の勇者達は黒竜王からルーテルを守ったものの、皆相討《あいう》ちの形で生きては帰れんかった。——だがワシは帰れた。それはなぜか」

ラキトスさんが突然、私を見る。

「それはな、一人ではなかったからだ。ワシは『扉』の向こうの世界から来た、とても強い女性と共に黒竜王の城に行った。彼女は神殿では女戦士、巷《ちまた》では女神と呼ばれておったか。勇者としては卑怯かもしれぬが、彼女の助けがなければ、ワシも先の勇者達と同じ道を辿《たど》っておっただろう。そして今代の勇者も一人ではない。それを知ってワシは安心しておる」

そう言って、ラキトスさんは皺《しわ》が刻まれた顔でにっこりと笑った。

確か、首都の神殿の神官さんも同じことを言っていた。——勇者と異世界の女戦士は対《つい》でなければならない。丁度勇者選定の日に私がこの世界に来たのは、偶然ではないと。

よし、なら私も頑張る!

そう気合いが入ったというのに、ハッピーときたら真顔で一言放った。

「俺は黒竜王と戦う前にコイツに握り潰されないか怖いのだが」

「異世界の女は力が強いからな……気持ちはわかる。実はワシもそれは怖かった」

ラキトスさんまで！　なんですか、怖かったって。

年は離れていても立場が同じだからか、二人はすっかり意気投合する。

ハッピーとラキトスさんは、あれこれと異世界の女の怪力について話しはじめた。

「指先だけで石を粉々に握り潰すのを見た時は震えあがった」

とハッピー。確かにあの時はビビっていたよね。

「ワシは渓谷《けいこく》を越えるために対岸まで投げられたことがある」

これはラキトスさん。すごいことやってるな、女戦士……

「これで元の世界では普通だそうだ」

「恐ろしい世界じゃな」

この勇者達、言いたい放題だな、と私が呆れていた時——

「ぴっぴっ」

甲高《かんだか》い声が聞こえて、出入り口になっている床の穴から何かがひょっこり顔を覗《のぞ》かせた。

それは、見たことのある生き物。さっき川で水を飲んでいた時に出くわした子竜だった。

「あ、お前、さっきの」

逃げられたと残念がっていたハッピーは、なんとなく嬉しそうだ。

一方の私は、親がいたらどうしようと身構える。

それに梯子《はしご》を勝手に上がってきているけど、いいの？

ラキトスさんの様子をうかがうと、驚いていないどころか、笑みを浮かべていた。

「おや、チビ助、おかえり」

「ぴぃぴっ」

ラキトスさんの「おかえり」に、竜も「ただいま」と言ったようにすら聞こえた。とても自然に家族を迎える雰囲気だ。ひょっとして、ここの子？

子竜は駆け寄ってきて、胡坐《あぐら》をかいてるラキトスさんの膝に縋《すが》った。甘えているみたい。

「ラキトスさんの竜でしたか。先に川で出会って、野生の子竜なら親と出くわさないかと警戒していたんです」

私がそう言うと、ラキトスさんは小さく笑った。

「ワシの竜というか……森で薪《たきぎ》を集めている時に卵を見つけたんじゃ。周囲に親竜はいないし、どうしようかと見ていたら、目の前で孵《かえ》ってな。竜は最初に見た者を親だと思うから、すっかり懐《なつ》かれてしまった。仕方なく育てておるんじゃが、ちっとも大きくならん」

仕方なくと言うわりに、ラキトスさんは優しい表情で竜の頭を撫《な》でている。

それを見るハッピーの鼻息が、微妙に荒い。撫《な》でたかったたって言っていたもんね。人に懐《なつ》いている子だったら問題ないし。

「お、俺も触らせてもらっても？」

ラキトスさんが頷《うなず》いたので、ハッピーはそろそろと手を伸ばす。すると、小さな竜はよちよちと歩いてきて、ハッピーの手に頭を擦《こす》りつけた。なんだか撫《な》でろと言っているみたいだ。

「うおぉ！　超可愛い！」

ハッピーは悶《もだ》えてから、嬉しそうに小さな竜を抱き上げて撫《な》ではじめた。竜もすごく嬉しそう。

「ぴぴっ」

甲高《かんだか》い声で鳴いて小鳥みたいに左右に首を傾《かし》げる子竜。その仕草は確かに可愛い。

目がくりっとしていて、頭は大きめ、脚は短い。まるでデフォルメしてミニチュアにした竜という感じ。

だがしかし、全体的にぬめっと光る赤い鱗《うろこ》で覆《おお》われていて、お腹側は白っぽくさらにぬらっとした感じで……

ううっ、今まで遭遇してきた竜より小さい分、トカゲ感が半端ない。モロ爬虫類《はちゅうるい》なんですけど。

……それはともかく、そんなに優しそうな顔もできるんだね、ハッピー。

「チビは勇者殿がえらく気に入ったようだな」

勇者様とお子様竜が戯《たわむ》れているのを微笑ましく見ていたラキトスさんが、ふいに思いついたようにポン、と手を打った。

「そうじゃや。先ほどの話だが、いっそ、そのチビを案内役に連れていってはどうかな」

「え？　この子竜を？」

ラキトスさんの思わぬ提案に、またも私とハッピーの声は揃った。

「ああ。その子も一応竜だから、黒竜王の居所《いどころ》を感じることができるだろう。それに生まれた瞬間から人と一緒に暮らしておるおかげで、襲ってくることはない」

うーん、爬虫類《はちゅうるい》っぽいところが苦手なんだけど……

竜を味方につけなきゃいけないんだったら、トゲトゲの巨大な竜よりも、小さい方が可愛くていいかな？

「それはありがたい。本当にお借りしてもいいのですか？」

ハッピーはノリノリだ。ラキトスさんも笑顔で頷《うなず》く。

「ああ。チビも勇者殿を気に入ったようだし」

「ぴぃ」

こうして、私達は黒竜王の空に浮かぶ城を探すための竜を、苦労せずに手に入れることができたのだが……

私はふと思った。家族みたいに接しているこの子を連れていってしまったら、ラキトスさんは？

こんな寂しいところで一人ぼっちになってしまうのはではないだろうか。

たとえ言葉も話さない小さな竜でも、一人でいるのとは随分違う。

「私達がチビを連れていったら、ラキトスさんが寂しくなりませんか？」

「大丈夫だ。元々ワシはずっと一人だったのだから」

そう穏やかな声で言ったラキトスさんの目は、言葉と反してやっぱり寂しそうだった。

和《なご》やかな空気のまま、時間が過ぎ——気がつくとハッピーはチビ竜を抱きしめたまま床で眠ってしまった。そういえばハッピーは瞬時に眠れる特技を持っていたっけ。

「疲れておったのだな。そなたは眠らんのか？」

ラキトスさんはハッピーに毛布をかけて、私に聞いた。

ラキトスさんこそ休まなくていいのかと尋ねると、「まだいい」と返ってくる。

私も疲れてはいるけれど、ラキトスさんに聞きたいことがある。二人きりで話せる機会が来るのを待っていたのだ。

それは、私個人にとってすごく大事なこと。

正直、事実を知るのは怖い気もする。でも、はっきりさせないと後悔するだろう。

深呼吸して、私は思い切って切り出した。

「あの、ラキトスさん。ずっと気になっていたのですが……最初に私を見たときに、他の人の名前をおっしゃいましたよね。シズカ、って。その人は、あなたと一緒に黒竜王を倒しに行ったという異世界から来た女の人ですか？」

私の問いかけに、ラキトスさんは驚いたように目を見開く。

答えを待たず、私は次の質問を繰り出す。

「私とそのシズカさんは似ていますか？」

「似ている。時が巻き戻ったのかと思ったほどにな」

今度はすぐに返事があった。

私とシズカさんが似ているということは――

考え込む私に、ラキトスさんは食いつくように尋ねる。

「もしや、シズカを知っているのか？」

「私の祖母が静香という名前でした。私は祖母の若い頃によく似ていると言われます。そして祖母は、丁度私ぐらいの年の頃、神隠し……長い間行方《ゆくえ》知れずになっていた時期があるんです」

祖母は、神隠しにあっていたと言われている間、この世界にいたのではないだろうか。

きっとそうだ。祖母はあの蔵の『扉』を潜《くぐ》って、こちらに来ていたんだ。

だからあの衣装箱に『開放厳禁』の貼り紙がしてあったんじゃない？　あそこが『扉』の入り口だとわかっていたから。

考えてみれば他にもいろいろと思い当たることがある。

私と同じように、祖母もこちらでは怪力になった可能性もあるし、祖母は剣道や薙刀《なぎなた》の達人だった。まさに女戦士の条件にぴったり。

それに、ゲームで遊ぶ私を見て、祖母は竜や勇者という言葉を懐《なつ》かしみ、久しぶりに冒険に出たいと言っていた。それは、実際に冒険して戦った経験だったんだ。

勇者ラッキーという愛称も、祖母がつけたとなると頷《うなず》ける。

ラキトスさんの言う『シズカ』は、私の祖母の静香に間違いない。

先代勇者と共に戦ったという異世界から来た女戦士。それがまさか祖母だったなんて。

「祖母？　ではトモエはシズカの……」

「はい。孫です」

そう。しかしそれだけではないかもしれない。

「シズカは今どうしている？」

「二カ月ほど前に病気で亡くなりました。祖母の遺品整理の途中で、私はこの世界に来たのです」

「そうか……シズカはもう生きてはおらんのか」

ラキトスさんは遠い目で、ぽつりぽつりと祖母との思い出を語ってくれた。

「……黒竜王との戦いの後、短い間だったが、シズカとワシは一緒に暮らしていた。もう異世界に帰らず夫婦になってもよいとも言ってくれた。だがある日、突然シズカは姿を消し、二度と戻って来なかった」

その後、神殿の神官さんから、シズカは一人で『扉』を潜《くぐ》ったと告げられたという。

どういうわけか、祖母は元の世界に帰った。そして、待っていた婚約者と結婚して家庭を築き、母を産んで育て上げ、私が生まれて……

長い間ずっとラキトスさんが一人で寂しく暮らしてきたのは、祖母が再び現れるのを待っていたからなのかもしれない。

そう思うと心が痛いけれど、祖母が元の世界に戻ったからこそ、今私はここにいる。

それに――私には、ずっと疑問に思っていることがあった。気にしていないつもりでいたけれど、やっぱり気になっていたのだ。私や母に、紫色の髪が生えることが――

「えっと、初対面なのに不躾《ぶしつけ》に申し訳ありません。とても聞きにくいことなんですけど、どうしても確かめておきたくて……。その……ラキトスさんと祖母は男女の関係でしたか？」

思い切ってそう質問すると、ラキトスさんは明らかに焦った表情になった。

ラキトスさんはかすかに赤くなって、照れたように答える。

「ま、まあその……若かったしな、お互い。愛し合っておれば当然……」

ああ、やっぱり――――！

いよいよ核心に迫る時が来た。

「あの、こちらでは珍しくないかもしれませんが、私のこの前髪の色、何かお気づきでないでしょうか？」

「ワシの髪とよく似た色だな」

「はい。この色は、私の世界では、どんな人種でも生まれつきでは決して出ない色なんです。ですが、私の母……静香の娘も同じ色の髪を持ち、それが私にも遺伝しました」

それを聞いたラキトスさんは、ハッと目を見開いた。私の言葉の意味を理解したようだ。

「ということは……」

「はい。私はシズカの孫であるだけでなく、あなたの実の孫にあたるのかもしれません」

「なんと――――！」

そういう話なら、すべて説明がつく。

でも……それが本当だった場合、祖母は神隠しから帰ってきた時には、すでに身重《みおも》だったことになる。ルーテルの先代勇者ラッキーの子――――母が、お腹にいたということだ。

祖母が消えていた間も婚約者として待ち続けた祖父キイさんは、そのことを知っていたのだろうか。

知っていて結婚したのだとすれば、その心中《しんちゅう》はどんなものであったろう。

キイさんは私がまだ小さな頃に亡くなったから、写真でしか知らないものの、優しい笑顔の人だった。心情的には私の母方の祖父はキイさんだということは変わらない。

けれど——

「シズカの血を引いた……ワシの……孫かもしれないのか……」

ラキトスさんの唇が少し震えている。にわかには信じがたいのだろう。

ラキトスさんは私をじっと見て、黙《だま》り込む。

静かな森の小屋の夜更《よふ》け——思いがけない声が、沈黙を破った。

「お前、先代の孫だったのか？」

あら、起きていたんだね、ハッピー。

「確証はないけどね」

「長生きはするものだな——」

ぽつりとそう言ったラキトスさんの目には、かすかに涙が浮かんでいた。


翌日一日、私達は旅をお休みして、ラキトスさんと一緒にツリーハウスで過ごした。たくさん話して、いろいろなことを教わって、笑い合った。

そして翌々日の朝、私達はラキトスさんの小屋を出発することにした。小屋のある木から下りて、ラキトスさんが見送ってくれる。

「元気でな、チビ。勇者とトモエを助けるのだぞ」

「ぴぃ！」

今度はハッピーと二人きりじゃない。小さな新しい仲間チビも一緒。

火竜の子だというチビは、ハッピーの肩にちょこんと乗ってご機嫌だ。ハッピーの方もご機嫌麗《うるわ》しいようで、目尻が微妙に下がっている。

「どんな竜を捕まえようかと思っていたが、こんなに可愛いのと旅ができるなんて最高だ」

ルンルンでそう言う勇者様。最高の基準は可愛さなんだね。

確かにチビは可愛い。けれど、トカゲ感の強い鱗《うろこ》の体は苦手なので、少し離れて歩かせてほしい。

チビとの挨拶《あいさつ》を終えたラキトスさんは、一振りの古びた剣を私に差し出してくれた。

「昨日、トモエもシズカと同じように剣を扱えると話していたな。これを持って行きなさい。かつてシズカが使っていた剣だ。こちらの世界の女が持つにはちと重いが、トモエの力なら振るえるだろう」

渡されたのは川辺で最初に出会ったとき、ラキトスさんが私達に向けた大きな剣。これは祖母が使っていた剣だったのか。

大きな剣だけれど刀身が細長く片刃で、日本刀に似ている。剣道しかやったことのない私でも、なんとか扱えそうだ。

「ありがとうございます」

私が剣を受け取って少し素振りをすると、ハッピーが羨《うらや》ましそうに呟《つぶや》く。

「お、いいな、トモエ。先代から剣をもらうなんて」

「ハッピーには選ばれし勇者しか持てない聖剣があるじゃない」

「……お前にも抜けたけどな……」

ハッピー、それは言わないで！　先に抜いちゃったことをまだ根に持っていたのか。

私とハッピーがそんなやりとりをしていると、ラキトスさんが思い出したかのように尋ねてくる。

「気になっておったのだが、トモエが勇者殿をハッピーと呼ぶのは愛称か？」

そういえば、ハッピーはラキトスさんに本名を名乗っていたから、違和感があっただろう。

「はい。あなたがシズカにラッキー……幸運という愛称で呼ばれていたように、ハピエルドさんはハッピー……幸福。縁起がいいじゃないですか。私も祖母に倣《なら》って、自分にとって大切なものは愛称で呼ぶことにしています。その方が愛着が湧くから」

言ってから、ちょっと待てと自分で思った。

なんか私、勢いですごく誤解を招くようなことを言ってしまった？

「自分にとって大切な……愛着が……」

ハッピーがなんだか照れているけれど、無視しておこう。

ラキトスさんは、年を重ねた人にしか出せない味のある笑顔でウインクした。

「確かに今代の勇者は幸福なのかも知れぬな。共に行くのが異界から来た聖女というだけでなく、幸運の先代勇者の孫かもしれんのだぞ。きっと無事、黒竜王を倒せるだろう」

ホントだね。幸運と幸福。二つ合わせたら最強じゃない！　しかも怪力まであるのだから、もはや無敵だ。

旅立つ間際、私はラキトスさんと約束した。

「黒竜王を倒せたら、向こうの世界に帰る前に、またここに来てもいいですか？」

「ああ。もちろんだとも。必ず帰ってきなさい。二人とも気をつけてな」

ラキトスさんはそう言って、私とハッピーを抱きしめてくれた。

ありがとう。

あなたとおばあちゃんがかつて行った戦いに、私達も行ってきます。

## 3

私がこの異世界ルーテルに来て十日以上が過ぎた。

そして、子竜のチビを新しい仲間にしてからすでに五日。チビが示す方に向かい、旅を続けている。

ハッピーも実戦をこなす度に、勇者の貫禄《かんろく》が出てきた。

私も少しはハッピーの役に立てていると自負しているものの、いくつか問題がある。

この五日で真剣の扱いに慣れてきたけれど、実際に相手を斬《き》ることはまだ躊躇《ちゅうちょ》があってできない。

やっぱり怪力でサポートするだけなのが現状。

それにもう一つ。実のところ、私はまだチビに慣れていないのだ。いい子だとわかっていても、思いっきり爬虫類《はちゅうるい》な見た目にちょっと引き気味である。

このところ二、三日野宿が続き、連日暴竜と戦った。しかも先に進むにつれ、黒竜王に反応した竜の数は増えている。

今日なんて一度に三匹を相手にして、ハッピーも私もぐったりだ。元気なのはチビだけ。

凶暴化してしまったとはいえ、同種である竜をチビの目の前で斬《き》るのは倫理的にどうかと思ったけど、当のチビはまったく気にしていない様子。なので、私達も気にしない方がいいのかもしれないと開き直ることにした。そうでないとやってられない。

そんなこんなで日暮れ前になり、今日の野宿の場所を小川の近くにしようと決めた。

私がテントを張っていると、チビが小さな前脚で小枝を拾ってきては、せっせとハッピーに渡している。薪《たきぎ》にしろということらしい。賢い子だ。

「チビは可愛い上にホントに気が利くな。トモエも見習え」

ハッピーよ……小憎《こにく》たらしい言葉がついてなければ、私も素直に頷《うなず》いたのに。

でも今は言い返す気にもなれないほど疲れているので無視して、テントを張り終えた。

明日は、次の神殿のある村か街に着くだろうか。いい加減、旅の途中で入手した携帯の食料も乏《とぼ》しくなってきた。それに、そろそろ温かいお風呂に入って、思い切り髪を洗いたい……。

そんなことを思いつつ、私は食事の用意をするために鍋に水を汲《く》みに行く。

戻ってくると、薪《たきぎ》を組み終えたハッピーが、チビに向かって頼みごとをしていた。

「チビ、これに火を点《つ》けてくれ」

へ？　竜のチビに何をさせているんだろうか、勇者様は。できるわけないじゃないか……。

そう思ってそちらを見ると——

「ぴっ！」

チビが薪《たきぎ》に向かって息を吹きかける。するとチビの口から小さな火がぽっと出て、乾燥した小枝があっという間に燃えはじめる。

あらすごい。そういえば、チビは火竜の子だと言っていた。火を噴けるのか、この子。

「わあ、すごいチビ。便利だね。ライターみたい」

素直に感心してそう言うと、なぜかハッピーが自分のことのように誇らしげに胸を張る。

「ライターとは如何《いか》なるものかわからんが、お前より役に立つのは間違いない」

……いちいち腹立つことを言うな、この男は。


その後準備を終えた本日の晩ご飯は、乾燥のお肉や野菜を鍋に放り込んだだけのスープと、カチカチの保存用のパン。竜の肉を食べるよりはマシだけど、いい加減白いご飯が恋しい。

そんなことを思いながら、たき火を囲んで座った。同じように、ハッピーとチビも座っている。

自分が火を噴けるからか、ずっと人と一緒に生活しているからか、チビは野生の動物のように火を怖がらない。そして、決して自分から触ったり近づいたりしない私に、チビも遠慮するように距離を置く。どこぞの勇者様より、余程空気の読める子だ。

私だって別にチビを嫌っているわけではない。賢くていい子だとわかっているし、打ち解けた方がいいと思っている。しかしその爬虫類《はちゅうるい》っぽい鱗《うろこ》のお肌を見ちゃうと、なかなか……

チビのくりくりの目が、パンにかじりつこうとした私の手元をじっと見ている。

そういえば、チビはいつも私達が食べ終わるのを待って、後で食べる。ラキトスさんによく躾《しつ》けられていたみたい。

でもチビだってお腹が空《す》いているよね。

そうだ、これって仲良くなれるチャンスかも？　いい機会だ、勇気を出してこちらから近づいてみよう。

「チビ、い、一緒に食べよ？」

私はおそるおそるチビの口元に半分にちぎったパンを差し出す。

ガブッと噛みつくかと思ったら、チビは意外にも手……というか前脚で受け取って、しかもぺこりとお辞儀をした。

「ぴぴぃぴっ」

気のせいかな、ありがとうって言ったように聞こえた。

この子は本当に賢いな。卵から孵《かえ》った瞬間にラキトスさんを見て、刷り込みで彼が親だと思ったそうだから、もしかして自分が竜だとは思っていない……とか？

チビは地面に座って、短い前脚でパンを抱え込むと、かじりつく。あぐあぐ言いながら、一生懸命食べていますという感じ。やっぱりお腹が空《す》いていたんだね。

あ、なんか可愛く見えてきたかも。

どんな生き物でも、あげた餌を食べるところを見るのは嬉しいものだ。特に小さな生き物がこんな風に食べているのは、ときめきがすごい。ついもっと構いたくなってしまう。

「硬いから、スープも一緒に食べないと喉《のど》に詰まっちゃうよ？」

「ぴっ」

お返事したー！

私は匙《さじ》でスープをすくい、少し冷ましてチビの口元に持っていく。チビは『いいの？』とうかがうように首を傾《かし》げて、私の顔を見てからそーっと口を開けた。

うう、小さいのに歯が鋭《するど》い。でもなんて美味《おい》しそうに食べるんだろう。

……すごく可愛いかもしれない。鱗《うろこ》も気にならなくなってきたかも。

ぐぐっと距離が縮まった気がする。

私がチビを構っていると、ハッピーが不機嫌そうに呟《つぶや》く。

「トモエは竜が嫌いだったんじゃなかったのか？」

「チビは、少なくとも誰かさんみたいに憎《にく》まれ口をきかない、いい子だもん。ねー？」

「ぴぃー」

ありったけの皮肉を込めて私が返すと、チビが相槌《あいづち》を打つように声をあげる。ハッピーは面白くなさそうにそっぽを向いた。

「何？　ひょっとしてヤキモチ？　自分以外がチビと仲良くするのが面白くない？」

「フン。そんなわけあるか」

否定しても見え見えだよ、勇者様。その手に持っている匙《さじ》の角度からすると、自分があげようと思っていたのに、私に先を越されたと見た。

何はともあれ、私もチビと仲良くなれそうな気がしてきた。


一晩明けて、翌日も朝から移動。

野宿続きだった人気《ひとけ》のない丘陵《きゅうりょう》地帯を抜けると、景色が開《ひら》けた。

大きな川が流れる、緑豊かな平野が広がっている。そんな中に小さな集落がぽつりぽつりと見え、少し先にはそこそこの規模の街があるようだ。

「今日は野宿しなくてよさそうだな」

ハッピーの声も心なしかホッとしている。あの街に神殿があるといいな。

足取りも軽く平野を歩いていくと、小さな村に辿《たど》り着いたのだけど――

そこで私達を待っていたのは、遠目に見えていた穏やかな風景ではなかった。

「竜が暴れたあとだな」

辺りを見渡して苦々しく言うハッピー。私は息を呑んだ。

あちこち壊れた数軒の家と、踏み荒らされた畑。破壊の限りを尽くされた村に、人の気配はまったくない。

干しかけて途中で投げ出したような、ひっくり返った洗濯物の籠《かご》。畑の土には鍬《くわ》が刺さったまま。壁の崩れ落ちた家の中には、まだ食べかけの料理が残ったお皿とスプーンがのったテーブルも見える。

普通に人々が生活をしていたある一瞬で、この村の時間は止まってしまったのだ。

「酷い……」

踏み潰され、中の綿が出た布の人形を見つけて、私はそれを拾い上げた。村には小さな子供もいたのだろう。

涙が出そうになる私に、ハッピーが力強く言う。

「幸い死人も怪我人も見当たらない。血痕がないところを見ると、村人は皆無事に逃げたんだろう。命があれば、村などまた建て直せる」

「……ならいいんだけど」

ハッピーの言う通りだ。村の人が無事ならいい。きっとお人形の持ち主も無事だ。

そう自分に言い聞かせても、やはり気持ちは穏やかではない。とりあえず、周辺に暴竜がいるかもしれないから、チビにはハッピーの荷物の中に隠れてもらう。

私達は暗い気持ちで再び歩き出したが——落ち込む時間はそんなになかった。

壊された村を出て、木に囲まれた次の集落が見えてきた頃、悲鳴が聞こえた。

「きゃーっ！」

「うわーっ！　暴竜だぁ……！」

私達ははっとして、顔を見合わせる。

揃って声が聞こえた方に向かうと、正面から数人が走ってきた。

今まさに村が暴竜に襲われている真っ最中らしい。ひょっとして、さっきの村を襲ったのと同じ竜？

そう思っていると、人より一回り大きな生き物が起き上がるのが見える。むくりと二本脚で立ち上がったのは、青っぽい鱗《うろこ》のトゲトゲした竜。

今までで一番凶暴そうな見た目だ。ドカドカとすべてを破壊する勢いで暴れているその竜の目は、やはり赤く妖《あや》しい光を湛《たた》えていた。

「ハッピー、村を助けなきゃ」

「言われるまでもない！」

そう言うな否《いな》や、ハッピーは聖剣を抜いて駆け出す。

慌てて後を追う私に、ハッピーは走りながら言った。

「トモエ、お前は村の人達を守れ」

「う、うん」

頷《うなず》いたが、ものすごい勢いで暴れている竜を、ハッピー一人だけでなんとかできるだろうか。

心配しながら、私は村の人達のもとに向かった。

村の人達は何やら押し問答をしているようだ。どうやら、一人の若い男の人が村に戻ろうとしているのを、皆が押しとどめているらしい。

「どうしました？　早く逃げてください！」

私がそう声をかけると、押さえられている男の人が必死で叫ぶ。

「妻と子がまだ村にいるかもしれないんだ！　行かせてくれ！」

なんですって？　大変じゃない。そりゃあ戻りたいに決まっている。

だけど、このお父さんが戻ったところで、被害が増えるだけ。ハッピーもやりにくいだろう。

「私が奥さんとお子さんを探してきます。あなた達はもう少し村から離れてください。勇者様が今、竜を倒してくれています。絶対に無事ですから、安心して」

私がそう力強く言ってみせると、男の人はやっと抵抗をやめた。

「勇者様が……！　でもあなたは？　危ないですよ。あの竜は昨日も隣の村を襲った凶暴な奴です」

ほう。そうか、さっきの無人の村を全壊させたのは、やっぱりアイツか。

私はぐっと拳《こぶし》を握る。

「私は勇者様の連れの聖女です。大丈夫ですよ」

自分で名乗るのもなんだけれど、安心してもらうためだ。そう言い残して荷物を置くと、私はぴょんと地面を一蹴りして跳びながら村の方へ向かった。

奥さんと子供が無事でありますようにと祈りつつ村に入ると、ハッピーは竜との攻防の真っ最中。

竜は長い尻尾や脚をめちゃくちゃに振り回して、ハッピーに襲いかかっている。正気の欠片《かけら》もない。

ハッピーは剣で竜をいなしつつ攻撃を仕掛けているが、相手の動きがまったく読めないので動きにくいみたい。

戦う手は止めず、ハッピーはちらっと私の方を見て、面白くなさげに言う。

「トモエ、なんで戻った？　危ないぞ」

「逃げ遅れている人がいるらしいの。私はその人達を探すわ」

「気をつけろよ」

あなたもね、と言いかけたところで、竜が前脚をハッピーに向けて振り下ろす。彼は紙一重でそれをかわした。

こちらに気を取られて注意散漫《さんまん》になってしまうと危険だ。

私は竜から極力死角になるよう建物に身を隠しながら、そーっとその場を離れる。

そして村の中を探して回ると、半分崩れかけた木造の小屋の陰から声が聞こえた。

「こわいよー！　いたいよー」

「しーっ、静かにしていなさい。竜に気付かれるわ」

あっ、いた。さっきの男の人の奥さんと子供かな。お母さんに抱きしめられて泣いている五歳くらいの男の子は、膝を派手に擦《す》りむいている。子供が転んでしまって、逃げ遅れたのだろう。

何はともあれ、よかった。無事に身を隠していたんだ。

私が親子に近づこうとした時、遠くでハッピーの声が聞こえた。

「あっ、こら待て！」

どかどか地面を震わせる足音が近づいてくる。ハッピー、竜に待てって言ったの？

音の方を振り向くと、竜がまっすぐにこちらに――親子のいる家屋に走ってくるではないか。

そして、小屋に向かって尻尾を大きく振り回す。当たれば確実に建物が壊れて、親子が下敷きになる！

「危ない！」

私は咄嗟《とっさ》に飛び出して、竜の尻尾を受け止めた。ずしんと重い衝撃が来たが、なんとか吹き飛ばされずに留まる。我ながらナイス怪力。

え、ええと……受け止めた尻尾を掴んだところまではいいけど、この後どうしよう？

受け止められたことが意外だったのか、竜はぽかーんと動きを止めている。

それより私、竜に触ってるーっ！　気持ち悪いぃ！　今すぐ手を洗いたいーっ！

気持ち悪さをパワーに変えて、私は竜の尻尾を掴んだまま振り回す。

「あっち、いけーっ！」

ハンマー投げの選手よろしく、何回転か振り回し、そのままぽーいと竜を放り投げた。

「お、お姉ちゃんすごい……」

そんな男の子の声が聞こえたけど、それどころじゃない。

「今のうちに逃げて！　村の外でお父さんが待ってるわ」

「はい！」

お母さんが男の子の手を引いて大急ぎで駆けて行く。二人を見送りホッとしたところで、竜が立ち上がった。

ただでさえ暴れていた竜は、投げ飛ばされて本気でキレたらしい。殺気の漲《みなぎ》る赤い目で唸《うな》りながら、私をまっすぐに見ている。

横手からハッピーが剣を手に竜に向かっているのが見えた。竜は私しか見ていないから、勇者様、この隙にやっちゃって！

「ほうら、こっちだよー」

囮《おとり》になるつもりで竜を煽《あお》ってみる。まっすぐこっちに突っ込んでくるだろうと身構えていると、予想外にも竜は私の目の前からふいに消えた。

「えっ？」

竜が高く跳ねたのだと気がついた時には、すでに真上から大きなトゲトゲの体が降ってくるところだった。

マジ？　そんな攻撃もできたんだ。って、感心している場合じゃない、踏み潰されるー！

その瞬間、私の体がぐいっと横に引っぱられた。ハッピーが私を抱き寄せて守ってくれたのだ。

わぁ、ハッピーが私を助けてくれた！　今思いっきり抱きしめられている！

どうしよう、こんな時なのにドキドキする。

ずしーんと大きな音を立てて竜が地面に落ち、ボディプレスは空振《からぶ》りに終わる。

ハッピーは私を抱きしめたまま、大きく横に跳んで竜から距離を置くと、怖い顔で言う。

「トモエ、危ないことをするな。こっちの心臓が持たない。何度も上手く止められるとは限らないんだぞ」

「ゴ、ゴメン……」

囮《おとり》になるつもりが、結局ハッピーの邪魔をしてしまった。本当に彼の言うとおりだ。

尻尾は受け止められたけど、それはたまたま。戦闘経験の浅い私は、まさかああ来るとは予想もしていなかった。

「竜は俺が倒す。お前はそこにいろ！」

私を離すと、ハッピーは再び竜に向かって走り出した。若草色の髪を靡《なび》かせ、煌《きら》めく聖剣を振りかざして。

再び高く跳ねた竜を迎え撃つように、ハッピーが腰を落として剣を構える。

「これで終わりだ！」

力強く振りぬかれた聖剣は、上から降ってきた竜を一刀両断！

きゃあああ！　なに、今の。カッコよすぎるよっ、勇者様！

私は思わず悶《もだ》えたのだった。


こうして、村を襲っていた竜は勇者ハッピーに倒された。

「勇者様、聖女様、本当にありがとうございます！」

母子の無事をお父さんは泣きながら喜んでくれた。

怪我人も出なかったし、村はなんとか復旧できるくらいの被害だ。よかった。

村の人は、お礼がしたいので泊まって行ってくれと申し出てくれたけれど、丁重《ていちょう》にお断りした。

無事な部分もあるとはいえ、村の復旧で忙しいところにお邪魔するのもなんだし、私達にはチビがいる。チビが暴竜でなくても、竜に襲われたばかりの人に見せるのは気が引ける。

それにこの先の街に神殿があると聞いたから、急ぎたい。

別れ際、あの男の子がハッピーに駆け寄って、可愛らしい声で宣言した。

「僕も大きくなったら勇者になる！」

微笑ましいなと私が思っていると、ハッピーは男の子に答える。

「……勇者も大変だ、あまりおすすめはしないぞ。それに俺の代で黒竜王の侵攻は終わらせるから、次はないかもな」

本心なのか冗談なのかわからない口調で言って、男の子の頭を撫《な》でるハッピー。彼は優しい顔をしていた。

それから村を出てすぐ、私はハッピーの腕を掴んで言う。

「ハッピー、さっきは助けてくれてありがとう。それに最後のアレ、すっごくすごーくカッコよかったよ。さすがは勇者様！」

ここは思いっきり持ち上げておく。いや、本当に感謝しているし、カッコよかったんだけど、先に私が竜を投げ飛ばしたことを忘れてほしいから……

ハッピーのことだ、『フン、当然だ』っていつもの調子でふんぞり返るだろう。

そんな期待をしていたのに、勇者様のリアクションは予想外に地味だった。

「お、おう」

そう言っただけで、ハッピーはやんわり私の手をほどいて歩き出した。

アレ？　なんか照れてるの？　怒っては、いないみたいだけど。……わからない男だな。

何はともあれ、ありがとう。ハッピー。


そして夕方。私達はやっと神殿がある小さな街に着いた。

城壁のような高い石の塀に囲まれていて、街並みは落ち着いた雰囲気で素敵だ。

今日は暴竜に襲われる村に出くわしたから、この世界が大変な状況なのだと実感した。ここにはまだ被害は及んでいないみたいで一安心。きっと壁や神殿が街を守ってくれているのだろう。

そしてもう一つ、ほっとしたことがある。今日こそやっと屋根の下で休めるのだ！

神殿に行くと、知った顔が私達を迎えてくれた。

「お疲れでしょう。お二人ともゆっくりお休みください」

……やっぱり、首都の神官さんと同じ顔。これで三人目だが、顔だけじゃなく声もそっくりだと思う。この人は何番目の兄弟なんだろう。

そんなどうでもいいことを考えていると、ハッピーが厳しい声で神官さんに尋ねる。

「近くの村が竜に襲われていたところに出くわした。すでに襲われて、無人の村もあった。民《たみ》は無事なのだろうか」

「家や田畑を失った者はおりますが、皆なんとかこちらの街や他の村に逃げ延びております。ご安心ください」

神官さんの言葉に、ハッピーと私は顔を見合わせて同時にホッと息をついた。

その後、野宿しなくていいだけでも本当にありがたいのに、街の人は勇者の到着を歓迎して、ご馳走《ちそう》を持ってきてくれた。久々のちゃんとしたご飯に、私もやっと人心地がついた。

何より嬉しかったのは、温かいお風呂を用意してもらったこと。

汚れも疲れも綺麗さっぱり洗い流し、心地いいお湯に手足を投げ出す。

立て続けに竜と戦ったり移動したりすることに必死で、今まで深く考えることはなかった。

だけど、こうして念願のお風呂に入れてホッとすると、日本で普通に生活していた時と今がいかに違うか、しみじみ思う。

そりゃあ、日本での毎日も楽ではなかった。でも、長い距離を歩かなくても交通手段があったし、自分で料理しなくても美味《おい》しいものが食べられた。

蛇口《じゃぐち》をひねればお湯が出て、毎日いい香りのシャンプーやボディソープで体を清潔にできた。お気に入りの化粧品もあった。洗濯機に放り込めば、スイッチを入れるだけで服だって洗える。

どこにいようとスマホでいろいろな情報を得られた。時間を問わず、人と話ができたしメールで連絡もとれた。

そんな便利な暮らしからいきなり隔離されたのに、私はなぜそれほど困っていないのだろう。

――竜に荒らされた村を見て、なんとかしなきゃ、頑張ろうと思った。

でもやっぱり、早く元の世界に帰りたい……そう改めて思う。

それは便利で楽な生活に戻りたいだけじゃない。なんだか怖くなってきたのだ。

いろいろと踏んだり蹴ったりで、なりゆきで始めただけのこの旅。それなのに、今まで生きてきた中で、一番充実している気がする。ハッピーと一緒にいることで、自分の居場所を見つけたような充実感すらある。

でも旅が終わったら――この怪力がなくなったら、私はどうなる？　それを知りたくないから、早く帰りたいのだ。

もしかして祖母もこんな気持ちだったのだろうか。愛した人を残して、元の世界に帰った祖母は……

――まあ、力がなくなった時のことは、まだ考えなくていいかな。今日も竜を振り回せたから、当分は大丈夫だろう。

そんなことを思いながら湯舟でまったりしていると、浴室の外から声が聞こえた。

「おーい、まだか？」

……ハッピー、お風呂くらいゆっくり入らせてよ。先に入れって言ったくせに。

今日は助けてもらったけど、ちょっとばかり日頃の仕返しだ。

「なんなら一緒に入る？　体洗ってあげようか？」

「なっ、何言って……っ！　お、女と一緒に、などっ……」

あ、逃げた。狼狽《うろた》えたハッピーの声が遠ざかっていく。軽い冗談なのに。

勇者様はイケメンなのに初心《うぶ》でいらっしゃる。本当に入ってきたら大変だったけど。

そういえば、前は私を女と思ってないとか言っていたくせに。そうは言っても一応女認定されていたのかと、低次元なことで喜んだ私だった。


お風呂の後、神殿の片隅にある応接間のような落ちついた部屋で、神官さんやハッピーとお茶を飲みながら話をする。

チビはすでにハッピーの膝の上で、自分のしっぽを抱きしめるように丸くなって眠っている。その様子を、神官さんは目を細めて見ていた。

「この子は先代勇者様が育てた竜なのですか。これはまた運命的なものを感じますな」

チビと一緒になった経緯を話すと、神官さんは胸の前で手を合わせてお祈りのポーズをする。

「勇者選定の日に異界よりトモエ様が現れたことといい、この愛らしい子竜といい、今代の勇者様は幸に恵まれておいでだ。本当に神に愛されておいでなのでしょう」

神官さんはうっとりして言うけれど、『神に愛されておいで』の勇者様は、面白くなさそうに俯《うつむ》く。そして、通常運転の悪態をついた。

「可愛いチビはともかく、勇者選定の日に勇者より先に聖剣を抜いた奴はどうかと思うぞ」

……根に持つ男だな。ちゃんと戻したじゃないのよ。

ハッピーの恨《うら》み言《ごと》はスルーして、神官さんは唐突に話題を変えた。

「ああ、それより！　黒竜王の城が北の山脈の方で目撃されたそうですぞ」

「なに？」

ハッピーがハッとしたように顔を上げる。

今の黒竜王の城について、初めての具体的な話だ！

考えてみたら、最初の神殿からは先代勇者を探せと言われて、とりあえず西に西にと進んだ。

そこから先は、チビが『ぴいっ！』と鳴いて示す方へ、ただひたすら歩いてきた。ここ数日は少し北寄りを示すようになっていたから、チビの導きと目撃情報は一致する。

ここで明確な情報が得られたのは、とてもありがたい。

「――いや、でも待って」

私は喜びかけて、待ったをかけた。

「その北の山脈って、ここからどのくらいの距離？」

「ここから歩くと、どんなに急いでも軽く半月以上はかかりますね」

神官さんの返事は、わりと残酷だった。

「半月ぃ？」

私とハッピーは、声を揃えて聞き返してしまう。

めちゃくちゃ遠いじゃない。しかも、黒竜王の空に浮かぶ城は常に動いているんじゃなかった？

「それっていつの情報ですか？　もし随分前の話なら、もうすでに他の場所に移動してしまっているかもしれないですよね？　先代勇者が、目撃情報を追っても城は動いているから後手《ごて》に回る一方だと話していましたが……」

今まで見てきた限り、この世界の通信手段は手紙のみ。長距離間のリアルタイムでの通信手段なんてなかったと思う。

その情報が手紙で得たものなら、もう黒竜王の城は北の山脈から離れちゃったんじゃ……

そんな私の疑問に神官さんは予想外な返答をくれた。

「先代の勇者様の頃はそうでしたね。でも今は違います。昨日、北の山脈の麓《ふもと》の神殿にいる兄から連絡があったばかりなので、まだそう遠くに行っていないはずです。ご安心ください」

あれ？　昨日？　思った以上に新しい情報だ。

「連絡って、電話か何かあるんですか？」

知らなかっただけで、この世界にも便利なものがあったのか。

なんだか嬉しくなって質問すると、神官さんは首を傾《かし》げた。

「電話とは如何《いか》なるものかわかりかねますが、私達は血の繋がった兄弟間でのみ、互いにいつでも心の中で会話することができます。今の代から得た特別な力でして、考えていること、伝えたいことは瞬時に相手に伝わります」

「心の中で会話……!?」

兄弟だけに通じるテレパシーみたいなものなのかな。なるほど、だから各地の神殿に一人ずつ配属されているのか。めちゃくちゃすごい人達だったんだ、この神官兄弟！　尊敬しちゃう。

本題とは違うところに感動しきりの私をよそに、ハッピーが神官さんに尋ねる。

「で、城のどちらの方角に行ったのだ？」

「残念ながらそこまではわかりません。兄が近くの農民から聞いたので、詳しくは」

「まあいい。これから城が動く方向はチビの導きに任せることにして、引き続き北側に向かって進もう。少し黒竜王に近づいてきたな」

ハッピーはやる気満々だ。

しかし私はそれでもまだいくつか問題を感じている。まずは一つ目。

「でも遠いんでしょ？」

徒歩で半月って、相当な距離だ。

黒竜王の城がどれくらいの速度で動いているのかは知らないけれど、チビが方角を教えてくれても、徒歩では追いつけないかもしれない。

そんな私の心配を、神官さんは解消してくれる。

「そのとおりです。そこで私共の方で、少しでも勇者様とトモエ様のお役に立てるかと、馬を二頭用意しました。足も速く従順な馬を選びましたので気に入っていただけるかと」

なんと！　歩けば半月でも、移動手段があればもっと早く近づけるかもしれない。

私に乗馬経験がないのがちょっぴり問題だとしても……

「それはありがたい」

嬉しそうだね、ハッピー。今日もここに来るまでに戦っただけでなくかなり歩いて、疲れたもんね。荷物は私が持っているとはいえ、勇者様の戦闘用フル装備は重い。

神官さんの説明はさらに続く。

「北の山脈を越えれば海です。西に行くか東に行くかはわかりませんが、黒竜王の城がこれ以上北に向かうことだけはないので、少しは見つけやすいかと」

そう言いつつ、神官さんはルーテルの地図を広げて見せてくれた。

いつも携帯している本に載っている地図よりも、大きくて詳しいものだ。確かにそれで見る限り、北の山脈の向こうはすぐ海が広がっている。

海には小さな島がいくつかあるが、大陸と呼べるほどの広さの陸地は、今いるこの地と、海を越えた北側にあるもう一つだけ。

どうして北には行かないと言い切れるんだろう。そこで私は尋ねてみた。

「海の方に行ってしまう可能性はないのですか？　違う大陸を目指して」

もしそうなったら、追いかけられないのでは……。そんな私の懸念に、神官さんは首を横に振る。

「それはないですね」

なんでも、今いる陸地は水も豊富で気候も温暖だから、緑豊かで人が住むのに適している。

けれど、もう一つの大陸は半分近くが氷に覆《おお》われており、気温が極端に低く、人や生き物が住むには適していないのだという。

また、黒竜王が手下にできる竜は、もう一つの大陸にはほとんどいないらしい。だから必ずこちらの大陸に現れる。今までもずっとそうだったのだとか。

ラキトスさんが言っていたように、黒竜王がルーテルを乗っ取りたい理由は一族の移住だというなら、もう一つの大陸に行くことはあり得ないということか。

なるほどと納得する私に、ハッピーが真剣に言う。

「陸続きなら急げば追いつける。行こう、トモエ。見てきたように、暴竜による民衆への被害は深刻だ。一刻も早く元凶である黒竜王をなんとかしないといけない」

ハッピーの言うとおり、一刻も早く……だよね。

私達の目的地が明確化して、気持ちが一つになったところで、その日は解散。久々にベッドでゆっくり休ませてもらった。


翌朝、私は馬に乗る特訓を始めた。講師はハッピー。

思っていたより、馬は大きい。異常な跳躍力のおかげで飛び乗るのは簡単だったものの、生きているだけに扱いが難しい。

「手綱《たづな》を引きすぎて馬を殺したり、怪我させたりするなよ」

「……わかってるわよ」

縁起でもないことを言わないでほしいけど、やらないとは言い切れない。自分でもイマイチどこまで強いのかわかっていないほどの怪力を恨《うら》む。慎重に、慎重に。

特訓を始めて半日で、馬は私の言うことを聞いてくれるようになった。馬がすごく賢かったのだろう。これは以後楽かもしれない。

それにしても、馬を見ているとなぜかホッとする。私は基本的に動物好きで、鱗《うろこ》でなく毛が生えていて温かい動物が好みだからだろうか。

そう言うと、ハッピーが説明してくれる。

「馬も、人と一緒に昔『扉』の向こうから来た動物だからかもしれないな」

そうか、馬に乗ったまま異世界に来ちゃった人がいたのか。昔だったら充分に考えられることだ。なるほど、同郷の出身だから親近感が湧くのかな。

こうして以後の足を得て、私達は神官さんに見送られて神殿を後にした。

そしてチビの導きに従《したが》い、真北というより少し北東寄りに進む。

馬での移動は、確かに歩くより楽。だけど、ずっと並んで歩いていたハッピーと少し距離感があるのは寂しい気もする。なんだかんだで、その俺様な言動も苦にならなくなってきて、一緒にいるのが当たり前に感じている。

最近、チビが私にも遠慮なく寄ってくる。いつの間にか私もそれが嬉しく思えるようになっていた。

チビのことをこれ以上好きになったら、より一層この世界を離れがたくなってしまうだろう。そんな葛藤《かっとう》を抱《いだ》きながらも、チビを突き放すことはできないのだった。

どんどん数を増す暴竜を相手にしながら、途中数カ所の村や町に寄り、馬で北へ進むこと四日。遥か遠くに、白い雪をかぶった山並みが見えてきた。まだまだ遠いけれど、きっとあれが北の山脈だろう。

穏やかな高原地帯にあった緑の野原を抜けると、木々も疎《まば》らで荒々しい岩が剥《む》き出しの険《けわ》しい山道が待っていた。登り坂を進むにつれ、気温も少しずつ下がる。かなり標高が高くなっているのだろう。

「寒くなってきたね」

私はTシャツにジャージの上下という軽装だ。次の休憩時にでも厚着をした方がいいかな……と考えていると、脇腹の辺りがもぞもぞしているのを感じた。

見ると、さっきまで馬のたてがみにしがみついていたチビが、私のジャージのポケットを広げて鼻先をつっこんでいる。どうやらポケットに入ろうとしているみたいだ。

いくらチビが小さくてジャージの生地が伸縮するとはいえ、全身をポケットにおさめるのは無理。

「こらこら、チビ。くすぐったいよ。それにさすがにそこは狭いかな?」

そう言って片手で抱き上げると、チビは尻尾を抱いて丸くなって震えている。チビも相当寒いのだろう。

そういえば、氷に覆《おお》われたもう一つの大陸に竜はいないという話だった。もしかすると竜は寒さに弱い生き物なのかもしれない。それに、チビは裸だものね。鱗《うろこ》はあるけど、犬や猫のようにふさふさした毛はないし。

私はジャージの上着のジッパーを少し下げて、チビを胸元に入れてやった。

「ここならどう？　これで寒くない？」

「ぴぴっ」

チビは顔だけジャージの外に出し、嬉しそうな声をあげる。

やだ、可愛い。カンガルーのお母さんにでもなった気分。

その上、思わぬ効果もあった。

「あら、意外に温かい……」

爪がちょっぴりチクチクするけど、カイロを入れているみたいで私も温かいから、いいかも。

私とチビがご機嫌で温め合っていると、ハッピーが横の馬上からブスッとした声で言う。

「トモエ、そんなところに入れているが、一応チビはオスだぞ」

何それ。こんなお子様竜に、オスもメスもないのでは……

「人じゃないし、恥ずかしくないから平気よ」

私がそう返すと、ハッピーはぷいっと顔を背《そむ》けて呟《つぶや》く。

「……俺は平気じゃない」

どういう意味だ。チビが自分以外とくっついているのが我慢できないということ？　またヤキモチを妬《や》いているの？

さらにハッピーは自分の胸元を指さして訴《うった》える。

「チビ、今すぐそこを出ろ。ほら、俺の懐《ふところ》ならいくらでも入っていいぞ」

「ぴ、ぴぴぃ……」

何と言ったのかはわからないものの、チビが拒否したことだけはわかった。

私の胸はそう豊かではないけれど、鎧《よろい》をつけている男の硬い胸元よりは柔らかいはず。硬いよりは柔らかい方がいいよね。

「チビはこっちがいいんだって」

「フ、フン！」

またもぷいっと顔を背《そむ》けて、ハッピーは馬のスピードを上げると先に行ってしまった。

あーあ、拗《す》ねちゃった。まったく、子供みたいな男だな。

それから、寒いせいか暴竜が現れない山道を登りきると、比較的平坦な荒れ地が広がっていた。

高地のピークは抜けたらしい。

遠くには緑や街らしきものも見える。この先に地方の神殿があると聞いていたけど、あの街がそうなのかな。

再び快調に走りだした馬にホッとしたのも束の間、先を行っていたハッピーが突然手綱《たづな》を強く引いて馬を止めた。馬が前脚を上げるくらいの急停止だ。

「どうしたの？」

私が追いつくと、ハッピーは無言で前を指し示した。

「うわぁ――」

それを見て、背中を冷たいもので撫《な》でられた気がした。

ハッピーの指さした先に、谷と言うには急で深すぎる、底さえも見えない大地の亀裂が走っている。平坦で草木がほとんどないから、遠くからはまったく見えなかった。

危ない危ない。いい調子に走って、気がつかずに落ちたら大変なことになっていた！

亀裂の向こう側までそれほど距離はない。しかし、馬で飛び越えるには広すぎるというのは、乗馬初心者の私にだってわかる。

ああ、そういえばラキトスさんが、祖母に渓谷《けいこく》で向こう岸まで投げられた――とか言っていたな。……まさにこういうシチュエーションだったのかも？

馬には無理でも、今の私の跳躍力ならこのくらいの距離は普通に飛び越せそうな気がする。それにハッピー一人なら、対岸まで投げられる自信もある。

でもそれでは馬達を置いていかないといけない。馬は脚が細くて怪我をさせるかもしれないから、投げられないし……

街も見えたことだし、ここは回り道した方がいいな。

「どこかに渡れるところがあるかもしれないね。谷沿いに進んで探してみよう」

「言われなくてもそのつもりだ」

私が先に提案したのが面白くなかったのか、ハッピーはまた顔を背《そむ》けてさっさと馬の向きを変える。

一向に幅の狭まる気配のない亀裂に沿ってしばらく進むと、橋を見つけた。

なんだ、ちゃんと橋があるんじゃない。この場所は人が行き来しているのね。よく見ると、橋の向こう岸には道が延びている。

「ちゃんと渡れるようになってるんだね」

私は安心して声をかけたのだけど、橋を見たハッピーは心配そうだ。

「渡って大丈夫なのか……これ？」

ハッピーの心配はごもっとも。

それは、橋といっても吊り橋のようなもの。両側の岸に杭《くい》が打たれていて、そこからロープが渡されている。それにぶら下がる形で木の板でできた細い橋が架《か》けられているだけ。

こういうのって、テレビや映画でしか見たことがないかも。ついでにそれらでは、板を踏み抜くとか、ロープが切れて落ちる寸前で辛《から》くも渡り切るみたいな、危なっかしいアクションシーンになる……そんな橋である。

「トモエ、様子を見てこい」

「えー？　なんで私が？」

なんて無体な命令だろうか。普通は女には行かせない場面でしょう？

まあいいか。もしハッピーに行かせて何かあったら、頼みの綱の勇者様がいなくなっちゃって困る。

それに、万が一の場合でも、私なら跳んで逃げられる。ハッピーもそれをわかって言っているのだろう。

渋々《しぶしぶ》ながら、私は馬から降りて橋に向かう。

誰か知らないけど、よくこんなところに橋を架《か》けたなというのが第一印象。

近くで見るとロープは太くて丈夫そうだし、橋の幅は馬でも充分余裕がありそうだ。だけどかなり古くて、最近使っている感じがしないのが気になる。

恐る恐る、橋に一歩踏み出してみた。

あ、思ったより丈夫だね。歩いても木やロープは軋《きし》まず、馬が一緒でも渡れそう。

ただ――谷がとんでもなく深い。遥か下に川らしきものがぼんやりと見える程度で、何メートルあるかもわからない。吹き上げてくる風が強く、たびたび橋が揺れるのがすごく怖い。

この橋をつくった人達、かなりの勇者だな……

そんなことを思いながら岸に戻り、ハッピーに報告する。

「結構丈夫そうだから、馬が渡っても大丈夫だと思う。念のため順番に渡ろう」

またも仕切ってしまったけれど、ハッピーは何も言わなかった。しかしじっと見つめてくる。

どうやら様子を見に行くだけでなく、馬で先に行くのも私みたい。

馬が少し怖がっているので、ゆっくり行くよりさっと駆け抜けてしまった方がよさそう。私は馬に乗ると、走るように合図を出した。

指示通り、馬がまっすぐに走り出すと——うわぁ！　橋がものすごく揺れる！　ギシギシ鳴っている。怖い！

それでも馬はなんとか橋を一気に駆け抜けて、私は無事対岸に辿《たど》り着いた。

「いい子だね、頑張ったよ」

「ぴぃぴ」

私が馬の首筋を撫《な》でて労《ねぎら》っていると、私の懐《ふところ》に入っていたチビが出てくる。そして私の真似をして小さな前脚で馬を撫《な》でた。

私は振り向いて、対岸のハッピーに声をかける。

「ハッピー、大丈夫だよ。一気に来ちゃえ！」

するとハッピーはゆっくりと橋に近づいた——が、馬が橋に脚をかけた瞬間に引き返してしまった。

ん？　なんだか様子がおかしい。多分橋に異状はないと思うんだけど。

「ちょっと見てくる。チビ、お馬さんとここで待ってて」

私はチビに、そう言い残して馬の背に乗せ、自分は馬から降りた。そこに荷物も置いて、橋を渡って引き返す。

相変わらず跳ねるような足どりになるから揺れるものの、急いで渡った後も吊り橋は傷《いた》んでいないようだ。ハッピーはどうしたのだろう。

ハッピーのもとに辿《たど》り着くと、彼は馬の背に乗ったまま難しい顔で固まっていた。その端整な顔はなんとなく青ざめているように見える。

「どうしたの？　橋、大丈夫だったよ？」

「あ、ああ……」

返事もどこか弱々しい。

そういえば、さっきから元気がないな。気分でも悪いのかな？　寒さで風邪でも引いた？

「調子悪そうだね。ここを越えて山を下りたら神殿のある街みたいだから、早めに行って休もう。ほら、ハッピー。行こう？」

そう促《うなが》すと、ハッピーはやっと馬を数歩進めた。

しかし橋のたもとまで行って谷が見えた瞬間、ハッピーは馬から飛び降り、橋とは逆の方に走った。

え……まさか、逃げた？　ちらっと下を覗《のぞ》いたところが見えたけど――

「高っ……！　やっぱり、む、無理！」

ハッピーは首を横に振りながら、声を絞《しぼ》り出す。その声は震えていた。

ひょっとして――

「ハッピーって高所恐怖症？」

返事はなかったものの、明らかにそうだ。

そういえば、ラキトスさんの家の梯子《はしご》を上《のぼ》る時、渋っていた気がする。あれも、怖かったからなのかな。

苦手なものがあることは仕方がない。私だって爬虫類《はちゅうるい》が苦手なわけだし。

しかし、ハッピーの場合、苦手では済まされない。

「どうするのよ、黒竜王の城って空に浮かんでいるんだよ？」

「……それはそうだが……」

そういう大事なことは、事前に言っておいてほしい。

空に浮かんでいる相手に挑まなければならない勇者様が高所恐怖症って、致命的じゃないの！

うーん、黒竜王の城に行く時のことは、今は置いておくとしよう。とにかく、ここであまり時間を潰したくない。

向こう岸でチビと私の馬が待っているし、まだ陽のある今でも寒い高地なのだ。本気で風邪を引きそうだから、夕方までには下の街に着きたい。

「下を見なきゃいいの。そうだ、馬の背に乗ってると余計に高く感じるじゃない。馬から降りて渡ってみようよ。ここが渡れたら自信にも繋がると思うの。ね、がんばろう、ハッピー」

恐怖症ってそんなに簡単にどうにかなるものじゃないよ、と心の中で自分自身にツッコミを入れつつ、極力優しい口調を心がけてハッピーを励ます。

それでもなかなかハッピーの足は動かない。

せめてハッピーの馬だけでも先に私が連れて行こうと、軽く轡《くつわ》を引っ張ってみるが、騎乗主の恐怖が伝わったのか馬も怯《おび》えてしまった。馬もハッピーも、足が竦《すく》んだように動かない。困ったな。

何かいい方法はないかとしばらく考えて、私は思いついた。

「ハッピーは二番目ね。ちょっと待ってて」

ハッピーに声をかけて、私は馬を先に運ぶことにする。

馬の鼻先を撫《な》でて地面に伏せるよう命じると、聞き分けのよい馬は四本の脚を曲げていい感じにコンパクトになってくれた。

「いい子だから暴れないでね」

そう言い聞かせ、私は馬の体に手を伸ばす。重くはないけど、お馬さんは大きいなぁ。やっぱり抱っこするサイズじゃないよね。

「よっこいしょっと」

「おっ、お前……！」

馬を軽々と抱き上げた私に、ハッピーがたじろぐ。けれど、気にしてはいけない。

馬は何が起こったのかわからないのか大人しく固まっているので、この隙に橋を渡ってしまおう。

馬を抱っこした女なんて、おそらく私くらいじゃなかろうか。

そう思いつつも、私は馬を抱えたまま駆け足で橋を渡り、先に待たせていた馬の隣に下ろした。

残るは勇者様だ。

まったく、私はこの橋を何度往復しないといけないのよ……。ぶつくさ言いながらも私はもう一度ハッピーのもとに向かう。

「次はハッピーの番だね。私が連れていってあげるから、怖くないよ。目を閉じていていいから。

抱っこがいい？　おんぶがいい？」

怖がらせないように、笑顔を心がけて優しく言ってみた。

私が手を伸ばすと、ハッピーは嫌そうに後ずさる。

「どっちも御免だ。男が女に運んでもらうなどできるか！」

この期《ご》に及んでまだ強がりを言うハッピーに、いい加減、私の我慢も限界に近い。

「じゃあ、早く自分の足で渡りなさいよ」

「うっ」

言葉に詰まるハッピーに、私は追撃する。

「できないよね。だったら観念して、大人しく私に運ばれようよ」

「でも……」

「大丈夫、絶対に安全に向こう岸まで渡るから。ね？」

「いや……」

フォローを重ねても抵抗するハッピーに、私はついキレた。

「うだうだ言ってんじゃないわよ！　あんたそれでも勇者なの？　もういいわ、人の親切を素直に受けるのが嫌なら……こうよ！」

私は問答無用でハッピーをひっ捕まえて、頭上に高く持ち上げる。そして——

「うりゃっ！」

渾身《こんしん》の力をこめて、ハッピーを思いっきり投げ飛ばした。

弧を描いてハッピーが宙を舞う。

「うわあぁぁ――――!」

地形効果もあってか、見事にエコーがかかった悲鳴が遠ざかっていく。

うん、届いたね。対岸まで……いや、対岸どころか、待機してる馬達をも通り越し、すごく向こうまで飛んでいった。

ハッ！　頭にきちゃって勢いで投げたけど、頭から岩にでもぶつかってたらどうしよう！

私が慌てて駆けつけると、ハッピーは今にも泣きそうな顔で地面にへたり込んでいた。

見たところ怪我はなさそう。着地は上手くやってくれたようだ。さすが、勇者様。

「ハッピー、乱暴なことをしてゴメンね。大丈夫？　立てる？」

高所恐怖症だと聞いたばかりなのに、悪いことをした。

かなり短気だったなと反省しながらハッピーに手を差し出すと、彼は私の手をバシッと叩いて拒《こば》んだ。そして、ギッと私を睨《にら》みつけてくる。その目は本気で怒っていた。

「お前なんか……」

小さく呟《つぶや》いた後、ハッピーは爆発するように叫んだ。

「お前なんか嫌いだ！　近づくな！　もういい、帰れ！　俺は一人で行く」

「な……」

一人で橋も渡れなかったヘタレが、そういうこと言う？　帰れって？

その言いっぷりに、私も頭に血が上《のぼ》った。

「帰れるものならとっくに帰ってるわよ！　嫌いで結構。誰があんたなんかと好《す》き好《この》んで一緒に行きたいもんですか。一人で何もできないクセに、偉そうに！」

「何だと？」

売り言葉に買い言葉。睨《にら》み合う私達は、さらにヒートアップしていく。

「大体、本当は私には黒竜王を倒す義務はないのよ？　それを勝手にあんたとセットにされて、仕方なく協力してるんだってこと、忘れないでほしいわね！　正直、この世界やあんたがどうなろうと、私の知ったことじゃない。私は元の世界に帰りたいだけなの！」

勢いで言ってしまって――ハッとする。私、なんてことを言ったんだろう。

言いすぎた。今まで二人で旅をしてきたことを否定するようなことを言ってしまった。

これはマズイと思ったが、ハッピーにまた睨《にら》まれて、謝罪の言葉が引っ込んでしまう。

彼はわなわなと唇を震わせながら、絞《しぼ》り出すように言う。

「……仕方なく？　知ったことじゃない？　……ずっとそんな風に思っていたのか？」

「え、ええ。そうよ」

ごめんと言えなくてつい頷《うなず》いたものの、胸の奥がズキンと痛んだ。

ハッピーは立ち上がると、ぷいっと私に背を向ける。そしてさっさと馬に飛び乗った。

そのまま何も言わず、彼は馬を走らせはじめた。

私も慌てて荷物と共に馬に乗り、チビを懐《ふところ》に入れると、すぐにハッピーの後を追う。こんな寒い山の上に一時《いっとき》もいたくない。

私がついてきたことに気づくと、ハッピーが冷たく言う。

「なんでついてくる？」

「一本道だもの」

「ああ、そうかよ。好きなようにしろ！」

ハッピーは馬の手綱《たづな》を強く打ち、さらに速く走りはじめた。

何よ、その態度。言いすぎてしまったと反省しながらも、ムカムカがおさまらない。

その時、ふと視線を感じて下を見る。すると、ジャージの間からチビが何か言いたげな目で、私を見上げていた。

「ぴぃ……」

弱々しく声をあげて首を傾《かし》げるチビを見て、熱くなっていた頭がすぅっと冷めていく気がした。

チビは空気を読める子だ。私達が喧嘩しているのを見て、きっととても不安になったのだろう。

「ごめんね、チビ」

私は服越しにその小さな体を撫《な》でると、黙《だま》って馬を走らせた。


山を下りると幾分か寒さは和《やわ》らぎ、程なくして街に着いた。ここはまだ暴竜に襲われた形跡もなく、穏やかそうだ。

この街には神殿がある。ハッピーと一緒に行くのは正直バツが悪いものの、馬を休ませてやりたいし、私にだって神殿で休ませてもらう権利はあるはず。

そんなわけでハッピーと共に神殿にお邪魔する。

ハッピーはもう何も言わない。というか、私の方を一切見ない。

険悪ムードな私達を、またも神官さんが迎えてくれた。

「ようこそ、勇者様、トモエ様。お待ちしておりました」

……ううっ、やはりここの神殿でも同じ顔が待っていたか。青髪青髭《あおひげ》の神官さんだ。もう慣れたけどね。

「すまないが休ませてもらう。案内してくれ」

ハッピーは神官さんへの挨拶《あいさつ》も早々に、他の人の案内で神殿の奥に消える。

神官さんは、私達の微妙な空気を察したのか難しい顔になった。

「勇者様はどうかされましたか？」

「別に。疲れてるんじゃないですか」

素直に相談することもできず、私はそう誤魔化した。

――他の神殿同様、ここでもとてもよくしてもらい、私は食事もお風呂もいただいた。差し入れに、リンゴに似た果物までもらった。

その間も、ハッピーは部屋にこもりっきりで、全然姿を現さない。

ハッピーは結構酷いことを言ったと思うけど、私だって売り言葉に買い言葉で彼を傷つけただろう。

ここは私が折れて、改めて謝っておいた方がいい。ものすごく面白くないし、腹が立つけど！

大人の対応が大事だよ、私。

帰れない以上、目的や思惑はともかくとして、ハッピーと一緒に黒竜王を倒さなきゃいけないことは変わらない。

私達がギクシャクしていると、一緒にいるチビだって可哀相。だから、仲直りしよう。


そんなわけでハッピーにご機嫌を直してもらおうと、私は彼の部屋を訪ねることにした。差し入れの果物を盛った籠《かご》を手に、神殿の廊下を進む。

その途中、神殿の祭壇の間を歩いていると、何やら話し声が聞こえてきた。

この声は、神官さん？

盗み聞きするつもりはなかったものの、私は足を止めた。

「……それは、トモエ様には内密に？」

ん？　私？

気になって声の方を見ると、神官さんは祭壇の前で目を閉じ、こめかみに手を当てて喋《しゃべ》っていた。

彼の周りには誰もいない。

「勇者様の元気がないのが……はい……ああ、そうですな」

独り言かなと思ったけど、違うみたい。電話みたいに受け答えをしている。

あぁ、これが、この前行った神殿で聞いた、神官兄弟間のテレパシーでの会話なのだろう。心の声とか言っていたから、黙《だま》って会話するものかと思っていたのだけど、普通に声に出して喋《しゃべ》るんだね。

「では兄者《あにじゃ》、また連絡を」

どうやらお話は終わった模様。目を開けた神官さんとバッチリ目が合ってしまった。

「ト、トモエ様」

思いっきりバツが悪そうなお顔になる神官さん。

盗み聞きしておいてなんだけど、私の名前が出ていたのがすごく気になるので、開き直って聞いてみることにした。

「すみません、通りかかったら聞こえまして。声に出してお話しするんですね。お相手はご兄弟の誰かですか？」

「は、はあ。私は念じるのが苦手でして、声に出した方がはっきり届くので……。相手は首都にある神殿にいる神官の兄者《あにじゃ》です」

なるほどね。そして相手は、長男の神官さんか。全員同じ見た目だけど、何だかんだであの人が一番偉いんだろうな。一度、そっくりな八人兄弟全員が並んでいるところを見てみたいものだ。

……そんなことはいいとして、私は質問を重ねる。

「ところで、私に何を内密にするんですか？」

「あー、いや、なんでも」

神官さんは誤魔化すように目を逸《そ》らした。

内緒にしないといけないことは、大事なことだと相場が決まっている。

「聞きたいなぁ？」

ニッコリ笑いながら、神官さんの目の前で果物を一つ握ってみる。そんなに力を入れなくても、果物は粉砕できた。

「ひいぃっ！」

ジューシーな香りがあたりに広がると同時に、その威力が伝わった模様。

神官さんってば、怯《おび》えている。青いお髭《ひげ》と髪に負けないほど、顔が青ざめてしまった。

年配の偉い方に脅しをかけるなんて、悪いことをしているとわかっているけれど……

「フフフ、聞かせていただけます？」

「しゃ、喋《しゃべ》ります。喋《しゃべ》りますっ！　歪《ゆが》みの影響で消えていた主神殿の奥の『扉』が、先ほど現れたと……」

「えっ！」

主神殿の『扉』ということは、私が来たところ。つまり祖母の家の蔵に繋がっている『扉』！

「しかし、今はあっても、不安定でいつ消えるかわかりませんぞ？」

慌てて神官さんは付け足したが……今すぐ行けば、帰れるかもしれないってこと？

ハッピーに謝って許してもらおう、そう思っていた気持ちすら揺らぐ。

黒竜王を倒すことは、もう考えなくてもいい。

ハッピーに嫌われたまま一緒に旅しなくてもいい。

——今なら帰れるんだ！

喜びかけて、私は我に返った。

わかったところで、どうやって最初の神殿に戻ればいいの？　二週間以上かけて、ここまでやって来たのだ。

チビの導きで進んでいた時もあったから、移動は最短距離を選んでいたわけではなかったし、直線距離でここと首都は案外離れていないのかもしれない。最初の十日は歩いていたので、馬ならその半分以下でいけるだろう。

それでも何日もかかるはず。

移動中にまた『扉』が消えてしまったら？

……やっぱり無理じゃないの。がっかりだ。

「知れば、トモエ様がすぐに帰ってしまわれるかもと、兄者《あにじゃ》は心配していまして……内密にと」

「そりゃあ、首都の神殿が近くにあれば今すぐにでも帰りますよ。でも物理的に無理じゃないですか。馬で急いで何日もかけて首都に戻っても、その時『扉』があるとは限らないんだし」

「そっ、そうですな。早馬でも陸路を行けば遠いですから！　無理ですな」

神官さんはホッとしたような顔で笑った。

うーん、なんか、今の口調がちょっぴり引っかかる。何か含みを感じるのは、気のせい？　陸路を行けばって……

そもそも、長男の神官さんはどうしてそんなに心配していたのだろう。彼は、私がこの遠く離れた街にいるとわかっているのだ。

私が『扉』のことを知ったところで、首都に戻るのに何日もかかることは明白。私が落胆することを心配する以外に、わざわざ内緒にする理由などないはずだ。

……まだ何か、隠されているのでは？

そこでお兄さんよりもちょろそうなこの弟神官さんにカマをかけてみる。

「もしかして神殿間なら一瞬で行き来できる方法があるとか？　そういうのを隠してませんか？」

「な、ななな、何をおっしゃいますっ！　あ、あるわけ、ご、ございません」

うーん、すさまじい慌てっぷりだ。

見た目同じでも、この人は表情に出るタイプなのだな。

「本当に？」

トドメにもう一個、果物をぐしゃっと握り潰す。そして逆の手で神官さんの手をそっと握ってみた。

「うひっ！」

もちろん、彼の手を握り潰したりはしない。それでも効果はテキメンだった模様。

真っ青になりながら、神官さんはついに暴露した。

「あ、あるにはあります。しかし主神殿に直通では行けません。地方神殿のいずれかに……」

説明によると、首都の神殿以外の神官さんは、何年かに一度異動があるのだとか。

その時、神官さんは異世界ではなく、このルーテル内の違う場所へ繋がっている『小さな扉』を行き来するのだという。逆に言えば、その『小さな扉』のある場所が神殿になっているという。

神官さんはみんなそっくりだから、交代しても誰も気がついていないんだろうな……

それはさておき、ルーテルの中を移動できる『なんちゃらドア〜』みたいな便利なものがあるのなら、なんで使わせてくれなかったんだろう。

私がそう問うと、その点には神官さんは全力で否定した。

「こちらの扉も黒竜王のせいで不安定ですし、行き先が限られておりますので」

なるほど。それに途中の村や街の人を助けるって役目も、勇者様にはあるしね。

「ちなみにここの神殿からはどこに繋がっているの？」

「首都の神殿に一番近い、西の村の神殿ですね」

一番近い西の村の神殿ということは、リンさん達の村の湖畔《こはん》の神殿か。あそこまでは主神殿から歩いて二日で着いた。竜を倒しながらだったから、馬を使って寄り道しなければ、もっと早く首都に着けるだろう。だから内緒だったのか。

「あの……勇者様を置いて、帰ってしまわれるおつもりですか？」

神官さんはとても悲しそうな目で私を見た。勇者を置いて……その言葉に胸がズキンと痛んだ。

『ワシは帰れた。それはなぜか――それはな、一人ではなかったからだ』

ラキトスさんはそう言っていた。

私が今帰ってしまったら、ハッピーは結局、帰ってこられなかった歴代の勇者と同じく、一人で黒竜王と戦うことになってしまう。

ハッピーも生き残れないかもしれない。この世界を救うこともできないかもしれない。

でもそれは、私がいたって同じ。

それに……

『お前なんか嫌いだ！　近づくな！　もういい、帰れ！　俺は一人で行く』

ハッピーは私のことが嫌いだと言った。嫌いな私と一緒に黒竜王の城に行くというのは、ハッピーにとってどうなのだろう。

「生まれた世界に帰りたいという気持ちは理解しておりますし、あなたにこの世界のために戦わねばならない理由はない。手段があるなら帰るのも自由です。しかし、黒竜王を倒すことができれば、『扉』は安定していつでも帰れます。もう少しだけ、勇者様に協力してはいただけないでしょうか」

神官さんは深々と頭を下げた。

確かに、彼の言うとおりだ。正直、今すぐにでも帰りたいけど、もうこちらに来て二週間以上経つ。最終的に帰れるのだとしたら、いつ帰ってもあまり変わらないかな……とも思う。

「顔を上げてください。私はそんなにかしこまってお願いされるような人間ではありません。少し、考える時間をください」

私はそれだけ言って、神官さんと別れた。

まずはハッピーに謝ってこよう。考えるのはそれからだ。

彼の部屋のドアの前に着くと、思いっきり深呼吸する。熱くならずに謝れるだろうか。

ノックしても返事がないので声をかける。

「ハッピー、起きてる？」

それでも返事はない。もしかして、寝ているのかな？

そーっとドアを薄く開けて覗《のぞ》いてみたら、ベッドに横たわる人影があった。こちらに背を向けている。

「寝てる？」

「……起きている」

掠《かす》れた声で返事があった。よかった、起きてたんだ。でも、こちらを向く気はないようだ。

「謝りに来たの。私の方が悪かったから」

「フン。仕方なく、か」

やっぱり可愛くないことをいうハッピー。まだ虫の居所《いどころ》が悪いのだろう。

腹が立つけど、ここは我慢だ。ちゃんと謝って、話をしなくちゃ。

「ううん、仕方なくじゃない。短気を起こして、強引なことをしてごめんね」

「自分が怪力だからって、俺のことを馬鹿にしていたということだろう。ただの怪力で、俺より先に剣を抜いたから……」

そのこと、まだ根に持ってるの⁉ それにただの怪力って……私に助けられたことがあるのに、そんな言い草はないんじゃない？

——やっぱり、ハッピーにとって私は不要だということなのかな。

「……ねぇ、今『扉』が現れてるんだって。私、帰った方がいいかな？」

思い切って言うと、ハッピーの肩がかすかに動く。

お願い、引き止めて。そうしたら、今回は諦めるから。

そう思っていたのに……

「……好きにしろと……言った」

こっちも見ずに吐き捨てられたハッピーの言葉に、心の中で何かが割れた気がした。

私はバン！　と扉を強く閉めて、廊下を走る。

今すぐ帰ってやる！　もうハッピーなんか知らない！

覚悟を決めて私が祭壇の間に向かう途中、ちょこちょことチビが駆け寄ってきた。

「ぴぴぃ」

首を傾《かし》げてくりくりの大きな目で私の顔を見上げるその姿に、少し心が揺らぐ。

帰るということは、この子とお別れするということ。先代勇者……実の祖父かもしれないラキトスさんが育てた子竜のチビ。

そういえば、また会いに行くってラキトスさんと約束した。でも……

「チビ、バイバイだよ。せっかく仲良くなれたのにね」

「ぴぃ？」

頭を撫《な》でると、チビは目を細めてどこか悲しそうな表情を浮かべた。

「考え直してくださいませんか？」

「勇者様は私が嫌いなんだそうです。やる気を損ねてしまって黒竜王討伐に失敗したら困りますし、帰ります」

必死で止める神官さんを振り切り、私は神殿間を繋ぐ『扉』を使わせてもらった。旅の荷物も置いたまったくの手ぶらで、勢いのままの犯行である。

この小さな扉も不安定だと聞いていたけど、幸いなことに使えた。

扉を潜《くぐ》ると、本当に西の村の神殿に来ていた。

目の前には、腰を抜かした神官さんがいる。さっき私を止めていた人とやっぱり同じ顔だけど、この驚きようは私が来ることを知らなかったからだろう。

……思った以上に便利じゃん！　十何日か分の移動した距離を、一瞬で移動できたよ！

「ト、トモエ様？　勇者様は？」

尋ねてきた神官さんには答えずに、私はダッシュで神殿を飛び出す。

神殿を出たところで、リンさんに会った。元気そうだ。それに村も随分と落ち着いたみたい。

「あれ？　トモエ様？」

「ゴメン、急ぐので！」

リンさんに手を振って、村を後にする。勢いに任せすぎて馬も置いてきたから、走るしかない。

急がなきゃ、元の世界への『扉』はいつ消えるかわからない。

飛ぶように走るとは、まさにこういうことを言うのではないだろうかというほど、私は一心不乱に走った。

――もしかして、荷物を持っていない私は、馬より速いかも。跳ねる力を前に向けたら一歩でとんでもなく進める。しかもあまり疲れない。

結局、私は行きに二日かけて歩いた道のりを、わずか半日で駆け抜けた。

「トモエ殿、本当に帰ってしまわれるのか？　勇者様を手助けするのは、どうしてもお嫌か」

私が首都の神殿に着くなり、すでに連絡が来ていたらしい長男の神官さんが必死で止めた。

「知らないわよ。だってその勇者様が、私なんかいらないから帰れって言ったんだもの。一人でいいって」

「しかし……」

神官さんを振り切って、勇者の剣が刺さっていた祭壇の部屋に入る。

部屋の端には、来た時と同じ虹色の光の幕が見えた。あれの向こうに『扉』がある。

「よかった……まだ消えてない」

ホッとすると同時に、胸に何かがつっかえた。罪悪感にも似た感覚にとらわれ、私は虹色の光の前で足を止める。

これを潜《くぐ》れば元の世界に帰れるのに、私は何を躊躇《ちゅうちょ》しているの？

こんな怪力、なくていい。私は聖女なんかじゃない。

帰ったら、私は髪の色が違うこと以外、なんのとりえもない女に戻れる。

もう半月以上こちらにいるから、向こうで私はどういう扱いになっているかも、無断欠勤を続けた職場に戻れるかもわからない。でも、いずれはすべて忘れて何事もなかったみたいに振る舞えるはず。昔、こちらの世界に来ていた祖母が、そうであったように。

気持ちを落ち着けるように、軽くぴょんぴょんとその場で跳ねてみる。この異常な跳躍力ともおさらばだ。

その時、私の足元で何かがカランと音を立てた。跳ねた弾みで、私の服のポケットから落ちたらしい。

私、何か持ってたっけ？　そう思って拾い上げようとして、手を止めた。

「これ……」

紫の薄い丸いもの三つを、紐《ひも》に通したもの。

これはハッピーがくれたお守りのペンダント。ポケットに入れたままだったんだ。

『お前がいてくれて助かる』

照れながらそう言ったハッピーの姿を思い出して、胸がきりっと痛む。

そしてハッとした。

ハッピーが素直じゃないのは、もうわかっていたことじゃない。いつも憎《にく》まれ口を叩いていても、本心からの言葉じゃないってモロわかりだ。

嫌いだなんて言ったのも、勢いだったのかもしれない……

どうして私はあの時、気がつかなかったのだろう。

高所恐怖症だとバレたハッピーは、それでもプライドを守ろうとしていた。なのに、私がそれを壊してしまった。きっととても傷ついたはずだ。

今思えば、最後に聞いた彼の声は震えていた気がする。こっちを向かなかったのはひょっとして泣いていたのかもしれない。返事もできなかったのかも。

――でも、今気がついてももう遅い。後戻りはできない。

「さよなら」

ハッピーのくれたお守りのペンダントを首にかけ、私は思い切って虹色の光の幕に飛び込んだ。


虹色の幕を潜《くぐ》ると、光る石の天井の通路に出た。来た時と同じ場所。

そこで、来た時には考えもしなかったことに気がついた。

「おばあちゃんの蔵で衣装箱の蓋《ふた》を開けたら、引き込まれちゃったんだったよね？　それで、落ちているうちに『扉』を潜《くぐ》って――ここにはそんな出入り口、なくない？」

誰に問うでもなく呟《つぶや》きながらとりあえず通路を進む。

そして突然、私は……落ちた。

「きゃああ！」

ちょっと、待て。来るときに落ちたんだから、帰りはてっきり上《のぼ》るものだと思っていたのに、やっぱり落ちるんだー！

地球とこの世界の位置関係、どうなってるのよ……

そんなツッコミを入れつつ、墜落感に身を任せる。

しばらくすると、闇の中にぽっかりと大きな『扉』が浮かんでいた。

両開きの重々しい扉で、複雑な文様が彫られているように見える。何でできているのかも、実体があるのかもわからない『扉』。

『扉』は手を触れなくても勝手に開く。

――いつの間にか、落下の感覚はなくなっていた。もしかして、来たときと同様に意識を失っていたのかもしれない。妙に圧迫感を感じ、自分が暗くて狭い空間にいると気付く。

顔を上げるとうっすら四角い切れ込みが見える。衣装箱の蓋《ふた》？

それにしても全身が鉛《なまり》のように重い。自分の体なのに、重くてたまらない。

これは普通の世界に戻って、重力がルーテルと違うからかな。かなりの時間ルーテルにいて、軽い体に慣れてしまっていたからだろうか。こんなに違うんだ。

じわじわと実感が湧いてくる。

帰ってきた。私は元の世界に帰ってきたんだ。

後は頭の上の衣装箱の蓋《ふた》を開けて、外に出れば、私は元の生活に戻れる。

「重い……！」

たかが木の蓋《ふた》一つ持ち上げるのも一苦労だ。すっかり怪力じゃなくなってる。

それでもやっと蓋《ふた》を持ち上げることができて、箱から顔を出した私を待っていたのは……

「熱っ！」

襲ってきたのは炎と尋常でない熱気。

何、これ。燃えているの？

『扉』の出口である古びた桐《きり》の衣装箱の周囲は、火の海だ。

もしかして、祖母の家の蔵が火事!?　――いや、違う。ここはあの蔵じゃない。もっと狭くて危険な場所だ。

火で赤く映し出される壁も天井も金属っぽい。酷い臭いを立てながら周囲で燃えてるのは……ゴミ？　まるで大きな焼却炉の中みたい。

――え？　焼却炉？　なんで？

その時、遠くで声が聞こえた。

「まだ使えそうなものもあったな。全部燃やさなくてもいいのに」

「一銭にもならないものは処分しちまった方がスッキリするんだろ」

処分を頼んでいた業者の人？

よく見ると木切れやゴミなどがごっちゃりと積み重なった中に、祖母の家で見たことのある不用品や着物が見えた。

上からは次々とものが投げ入れられ、炎に呑み込まれていく。

なんとなく大体の状況が把握できた。祖母の家の不用品がゴミに出されて、たった今焼却処分されているんだ。

そういえば、衣装箱には赤い紙を貼ってなかった。そんな暇もなく、ルーテルに行ってしまったから……

それはともかく！　これってすごくヤバイ状況なんじゃない？

「私はここにいるよ！　助けて！」

思い切り叫んでみたけれど、熱さと煙で息を吸い込むこともできず、声はそんなに出ていなかったと思う。聞こえたらいいのに。

「今、人の声が聞こえなかったか？」

「気のせいだろ。あの家、孫の行方《ゆくえ》不明事件があったから、隅々まで確かめただろうが」

気のせいじゃないよ！　本当にいるんだって！

がしゃん、と何かが閉まる音がした。きっと炉の扉を閉めた音だ。

ダメ、息ができない。

熱い。気も遠くなってきた。

このままじゃ死んじゃう――

堪らず、私はもう一度衣装箱に引っ込んで蓋《ふた》を閉めた。幸いなことに、まだ中は少しはマシだけど、この箱に火が移るのも時間の問題だ。それに空気が薄くなってしまう。

まだ『扉』は繋がっているだろうか。もう一度ルーテルに行けるかな。

もし、『扉』が消えてしまっていたら――私はここで焼け死ぬの？

熱さと酸欠で意識も朦朧《もうろう》とする中、私は首からかけていたハッピーのくれた竜の鱗《うろこ》のペンダントを握りしめた。お守り……だったよね。

しばらくしても、『扉』に吸い込まれる気配はない。帰れたと思ったら死ぬのかな、私。

きっと、ハッピーを傷つけて、何もかもから逃げてきた罰だ。

もう頭もよく回らないや……

ハッピー、ハッピー。ゴメンね。

そして私は意識を手放した。


ぼんやりした中で、落下していく感覚に襲われる。

真っ暗な中でキラキラ輝く紫の竜の鱗《うろこ》のペンダント。そして、炎に包まれた扉が見えた――

それが夢だったのか現実だったのかもわからない。

今度目を覚ますと、私は冷たい艶々《つやつや》の石の床に伏せっていた。

うつ伏せから身を捩《よじ》ってなんとか仰向《あおむ》けになると、天井から下がった光るつららみたいな石が見える。

あー、ここ、見覚えある。それに体が軽い。

「……また、来ちゃった……」

私、焼け死んでなかった。

どうやら『扉』は私をもう一度ルーテルに運んでくれたようだ。

煙や熱気を吸い込んだせいで喉《のど》は痛いし、体は軽いけどとても怠《だる》い。

それでも、私はよろよろと立ち上がり、通路を進みはじめた。どうしてかわからないけど、急いでこの通路から出ないといけないと本能が告げている。

ここの『扉』はもうすぐ永遠に消える……向こうの世界の出口が燃え尽きてしまったら。ひょっとして今この『扉』が現れたのは、消える間際の最後の抵抗だったのかもしれない。

私は虹色の光の幕に、倒れるように飛び込んだ。

てっきり神殿の床にばったり行くと思っていたのに、予想に反して私は倒れなかった。代わりに、何かに優しく抱きとめられる。

「大丈夫か？」

「ぴぃ？」

「……うん……って？　え？」

答えてから目を開けると、私を支えていたのはよく知った――でも予想外の人だった。さらにその人の肩からもう一つ小さな顔が覗《のぞ》いている。

「ハッピー、チビ！　なんでここに？」

「お前を連れ戻しにきた」

「ぴぃ！」

連れ戻しにって……

ハッピーとチビは、すごく離れた街の神殿に置いてきた。私と同じように、神殿間の『小さな扉』を潜《くぐ》って、リンさんの村から馬で移動すれば来られたかもしれない。

だけど、私もあれだけ急いできたのだ。追いついたということは、時間的に考えてすぐ後を追ってきたとしか思えない。

「どうして？　もう私は元の世界に戻ったかもしれないのに？」

「その時は俺が『扉』を潜《くぐ》ってでも、お前を連れ戻しに行くつもりだった」

……なんかすごいこと言ってない？　この勇者様は。

怒ったり悲しかったり悩んだりしたのも、『扉』の向こうで酷い目にあってヘロヘロになっていたのも、すこーんと飛んで行ってしまった。

「せ、せっかく黒竜王の城に近づいてたのに、ハッピーまでスタート地点に戻ってどうするのよ。いいの？」

迎えにきてもらっておいてなんだが、動揺して思わず意地悪な言い方になってしまった。

けれど、ハッピーは怒らず、真顔で返答する。

「やっぱり、お前と一緒じゃないと駄目な気がした」

ちょっ……！　ものすごくドキドキする。

ハッピーはいつもの言動が辛辣《しんらつ》なだけに、そういう直球を投げられると、破壊力が半端ない。

しかも私はハッピーに抱きしめられたままだ。このドキドキがバレてはいけないので、慌てて少し離れる。

「私のこと、嫌いなんじゃなかったの？」

ハッピーは質問に答えず、私の背後を指さした。

振り返ると、壁の虹色の揺らぎは消えてしまっている。最初の時と同じ……いや、同じじゃない。

「また消えてしまったな、『扉』が」

「ここの『扉』は多分、もう二度と現れないわ。黒竜王の影響がどうのという以前に、向こうの世界の『扉』の出入り口が燃えてしまったから」

そう、私が帰る道はもう閉ざされた。衣装箱は燃やされてしまったのだから。

「燃えた？　そういえば、酷い有様《ありさま》になってるな、お前。向こうで何があった？」

ハッピーに言われて改めて自分の体を見下ろす。

大きな火傷《やけど》はないものの、火の粉を被ったのかジャージにあちこち穴が空《あ》いている。髪の毛の先は少し縮《ちぢ》れていた。もしかすると、顔も煤《すす》けているかもしれない。

確かにボロボロだね、私。

「話せば長くなるけど、『扉』の向こうは炎の中だったのよ」

……だからこっちにもう一度舞い戻ってきたわけだけど。

「よく無事で……」

「でも私、もう帰れない。帰れなくなっちゃった」

口に出して初めて、その実感が湧く。酷く寂しくて心細くなった。

そんな私にハッピーが優しい口調で言う。

「諦めるな。元の場所には無理でも、同じ世界に繋がっている『扉』は他にもある」

「あるだろうけど……」

着の身着のままでお金も持ってないのに、遠くの町に出たらどうやって家に帰ればいいのだろうか。

それにたとえ地球に戻れたとしても、日本に出るとは限らない。言葉もわからない国にでも出たりしたら、目も当てられない。

ある意味異世界よりも大変だ。

「ルーテル中を探せば、お前の元いた場所の近くに繋がる『扉』もあるだろう。だが、まずは異世界との歪《ゆが》みを戻さないと、その『扉』すらマトモに現れない」

やっぱり、そうなんだよね。

「つまりは黒竜王をなんとかしないと、ってこと」

振り出しに戻る……か。

その後、私が結局こちらに残ると知り、超ご機嫌になった神官さんが、食事やらお風呂やら着替えやら世話を焼いてくれた。

そして落ち着いた頃、私はハッピーにまだちゃんと謝っていないことに気がついた。

よく考えたら、私の方が圧倒的に悪い。

問答無用で投げ飛ばされた上に、刺々《とげとげ》しいことを言われたら、そりゃあ腹も立つよね。

それなのに私はプンプン怒って、実家に帰らせていただきます的な行動を取ってしまったわけで……。本当に、反省しかない。

そんな私を、ハッピーは追いかけてきてくれたのだ。

勇者ハッピーの助けになるのなら、できることをしたい。許されれば、一緒に旅を続けさせてほしい。

そのためには、きっちり謝っておかないと。

チクチク言い返されるのは覚悟の上だ。甘んじて受けよう。

神官さんが貸してくれたハッピーの部屋に行くと、彼はソファーに座っていた。膝にチビを載せて、剣を磨いていたらしい。

私は彼の前まで進み、頭を下げた。

「酷いことを言ったり、乱暴なことをしたりして、ごめんなさい。仕方なくなんて勢いで言っちゃったけど、反省してます！」

きょとんとした顔で、ハッピーはこっちを見ている。

――今さら、だよね。許してもらえないかな。

あれ？

「いや、その……俺こそすまなかった。反省したのはこちらの方だ」

いつもみたいに嫌味の一つ二つ返ってくると思っていたのに、逆に謝られたので調子が狂う。

まあ、あまり引きずるとまた気まずくなってしまうかもしれない。お互い謝ったということで、もういいのかな。

そう思って、ハッピーの隣に座ってみる。ハッピーは嫌がりも逃げもしない。

彼の膝の上では、チビがいつものように尻尾を抱え、可愛いポーズで眠っている。

初めて会った時、チビはハッピーにすぐに懐《なつ》いた。本当に嫌な奴なら、こんなに無垢《むく》な生き物は懐《なつ》かないだろう。ハッピーは口が悪いけど、優しいんだよね。

しばらく私達は黙《だま》って、眠るチビを見ながら並んで座っていた。

沈黙に耐えかねたように先に口を開いたのは、ハッピーだった。

「……正直に言う」

「な、何を？」

なんだろう、何を言われるのかドキドキするんだけど。

「俺、お前がチビと仲良くしているのを見て、面白くなかった。最初俺は、チビに好かれてるお前に妬《や》いているんだと思った。でも気がついたんだ。俺が妬《や》いてたのは、チビに対してだと」

「えっと……」

妬《や》いて……それって、なんか――

そういえば、チビは雄だからうんぬんの後に、『俺は平気じゃない』と言ってたのは、そういう意味だったの？　私の胸元に密着している、この小さな竜にジェラシーを感じた？

混乱する私をよそに、ハッピーの暴露は続く。

「俺は男としてお前を守ってやりたいのに、お前の方が強い。その上、怖いものがあるのも知られて……。そんな自分が恥ずかしくて情けないから、つい、勢いで嫌いだなどと言ってしまったが……あれは本心じゃない。逆だ」

ハッピーが何やら赤くなって照れまくっている。

嫌いの逆ということは――

ひゃあぁ！　これは、も、もしや、告白されているの？

「お、俺は正直に言ったぞ。お前はどうなんだ？　俺のことを本当はどう思っている？」

あ、ハッピーがいつもの強気俺様口調に戻った。

そうか、この俺様な態度は、かっこつけてたんだ……

そう思うと今までの言動がすごく可愛く思えてくる。精一杯背伸びをしてクールを決めてるつもりだったのか。いろいろと残念なことになっていたけど。

じゃあ私も正直に言わないとね。

「私も、嫌いなんかじゃないよ。正直に言っちゃうと、嫌われるのが怖かった……のかな。最近はしょっちゅう、ドキドキしてた。そもそも最初にハッピーに出会った……ほら、勇者選定の時。あの時、ハッピーを一目見た時に他の人と全然違うって思った。今思うと一目惚《ひとめぼ》れ、かもしれない」

うわぁ、言ってしまった。恥ずかしすぎる。

炎の中に顔を出した時と同じくらい顔が熱い気がする。

「ひ、一目惚《ひとめぼ》れ……！」

ハッピーも真っ赤になっている。こんなイケメンなのに初心《うぶ》だなぁ。

考えてみたら私達――しっかり大人なはずなのに、なんだろうか、この中学生レベルの雰囲気は。

何とも言いようのない空気の中、私達はお互い顔を見ることもできずに俯《うつむ》いて、またも黙《だま》り込んだ。

その時――

「ぴぃ」

急にチビが声をあげた。

私もハッピーも、ビクッとしてしまう。

チビ、起きていたの？　話を聞いていた？

……様子をうかがうと、どうも起きた気配はない。相変わらず丸くなって夢の中だ。

「寝言だな」

「寝言、言うんだね……竜も」

チビのおかげで微妙な沈黙が破れ、緊張も解ける。

思わずハッピーと顔を見合わせて笑った。チビは寝ていてもいい仕事をしてくれるね！

「最後まで一緒に来てくれるか、トモエ」

「うん」

仲直りできた上に、いい感じになって嬉しい。

しかし、そんな甘い時間は長くなかった。

チビが突然目を覚まして、ある方向に向けて「ぴぃ！　ぴぃ！」と大きな声で鳴きだしたのだ。

私達は一気に現実に引き戻される。

「チビ、いきなりどうしたの？」

私が慌てて聞く。チビからの返事はないが、ハッピーはハッとして口を開く。

「あちらは――北東か。そういえば、チビと一緒に『小さな扉』を潜《くぐ》る時、こんな感じで鳴いてい

たな。まさか、黒竜王の城がこちら側に近づいているのか……？」

その時、神官さんが大慌てでやってきた。

「勇者様、トモエ殿！　黒竜王の空飛ぶ城が目撃されたぞ！」

「どこだ？」

ハッピーが慌てて、チビを抱きつつ立ち上がる。

「北東の方角からこちらに近づいてきているようだ」

他の神官さんから、連絡があったのだという。チビが導く方向と一致する。

せっかく、黒竜王の城があるという北に近づいていたのに、首都に戻ってきたことで遠ざかってしまったと思っていた。けれど、考えてみたら相手も常に動いている。

振り出しに戻ったつもりだったのに、逆に相手に近づいていたのだ。結果オーライ？

「旅立ちの支度はすでに整っている。新しい馬も手配しました。さあ、出立を！」

相変わらず、神官さんってば準備のよろしいことで……

そんなわけで、私達はまたも追い出されるように旅立つことになった。

「あ、勇者様が無事大役を果たされたら、聖剣はお返しくだされ。一応この神殿の本尊ですので。まあ勇者様に何かありましたら勝手に帰ってきますけどね」

神官さんは見送り中、そう付け足すのを忘れなかった。

そうか、勇者の聖剣ってご本尊だったのか。しかも、もし勇者が死んだりしたら勝手に帰ってくるの？　どういうシステムなんだろう。

それにしても、これから黒竜王と戦う人に、縁起でもないことをぽろりと言うなんて……同じ顔の神官兄弟でも、やはり長男が最強だった――

そしてまた、スタート地点からの再出発。

穴空《あなあ》きジャージを脱ぎ捨てて、私は女神様ドレススタイルに着替えた。腰には、ラキトスさんにもらった祖母の剣。首には、ハッピーのくれたお守りのペンダント。

覚悟も決めたし、勇者を補佐する聖女様とやらになりきろうと開き直った。

やってやろうじゃないの。もう日本に帰るためじゃなく、私はハッピーのために戦う。

先代に続き、帰ってきた勇者になってもらうために。

目指すは北東。

首都を抜け、山があるけど自然豊かで穏やかな道程。景色がとてもいい。

谷川に沿って点々とある小さな集落や、山を切り開いて作られた段々畑などが、日本の山里の風景に似ている。懐《なつ》かしさすら覚えた。

でもここは日本じゃない。どこか少しずつ違う。

もしかしたら昔、私と同じように『扉』を潜《くぐ》ってきて帰れなくなった人達が、故郷を思って作った村なのかもしれないな。

神隠しとしか言いようのない行方《ゆくえ》知れずの話は、日本のみならず世界中の昔話に出てくる。

私はそんなに詳しくないけれど、いくつか知っている。

そのすべてとは言わないが、『扉』に迷い込んでこのルーテルに来てしまった人もいるんじゃないだろうか。

さらに考察すれば、地球のあちこちで実際にいるはずのない竜の神話や民話があるのも、逆に『扉』を潜《くぐ》ってしまったこちらの世界の竜だったりして——

そんなとりとめのないことを考えながら、もう人里を離れた風光明媚《ふうこうめいび》な山道を進む。しばらくすると、私の前を進んでいたハッピーの馬が急停止した。

「そう簡単に進ませてはもらえないみたいだぞ」

緊張したようなハッピーの声と共に、遠くから様々な音が聞こえてきた。

ドカドカと地面を震わせる足音。

バサバサと風を切る音。

唸《うな》り声、形容しがたい鳴き声。

前からは、竜の大群が迫ってきていた。その目はどれも妖《あや》しい赤い光を湛《たた》えている。黒竜王に反応して、暴竜と化した危険な目だ。

「あんなにたくさん……！」

このまま進まれては、相当の被害が出るのは必至。

さっき見た、日本によく似たのどかな山里の小さな村……あそこだって壊されちゃう。さらに先には、首都もある。

ここで戦って倒すしかない。

「行くぞ、トモエ！」

ハッピーは馬から飛び降り、剣を抜いていた。

「チビ、お馬さんと隠れていてね」

「ぴぃ」

私はチビを馬の背に乗せると、馬から降りて祖母の剣を構える。

生き物を実際に斬《き》るのは、まだ抵抗がある。でもそんなことを言っていられない。

二本脚で立つ角《つの》のある巨大な茶色い竜が、ハッピーに牙《きば》を剥《む》いて向かってきたのを皮切りに、暴竜の大群退治が始まった。

素早く動き回って戦うハッピーは、一度に数匹が襲ってきてもなんなく相手をする。元々強かった彼は、ここまでで随分と実戦を積んできて、まさに勇者の戦いっぷり。

勇者様カッコイイー！

心の中で叫びながら、私も剣を振り回して暴竜に応戦する。

……ひいぃ、怖いー！　何が怖いって、剣が相手に当たった瞬間のザクッていう感触っ！

それでもなんとか、襲ってくる爪や牙《きば》をかわしつつ、剣道の形《かた》を思い出して剣を振るう。暴竜達は次々と地面に伏せた。

よし、けっこう効いてる。

しかし今度は、上空から飛竜が襲ってきた。

地に脚がついている竜の相手は得意なハッピーだけど、飛べる竜には手こずる。上空から急降下で襲ってくるのは、私も怖い。

ハッピーは飛竜の攻撃をかわすが、地上の竜に応戦しているところで、背後から一匹の飛竜が迫る。

「ハッピー危ない！」

咄嗟《とっさ》に石を投げると、飛竜に直撃！　飛竜の攻撃はハッピーから外れた。

「助かった！」

何匹か斬《き》り倒してから、ハッピーは私と合流した。

二人で背中を合わせるよう立って、剣を構える。ぐるりと周囲を竜に囲まれているのに、こうして一緒だとなぜか安心感がある。

「飛竜が厄介だな」

「飛ぶ奴は私に任せて。ハッピーは地上の竜をお願い！」

「よし」

再び私達は分かれて戦う。分担を決めたら、さっきより動きやすかった。

私は剣を振りかぶってジャンプしながら飛竜に応戦。時々石を投げて落としてみる。

ハッピーは空を気にせず地上の竜に専念しつつ、私が投石で落とした竜にトドメを刺してくれた。

だんだん息が合ってきてるよね、私達。

――しばらく大立ち回りを続け、私達がヘロヘロになった頃。マトモに動ける竜はいなくなった。

「すごいね、ハッピー」

「お前もすごいじゃないか、トモエ」

お褒めいただいて嬉しいけど……周囲はとんでもないことになっている。

ううっ、これがまさに死屍累々《ししるいるい》ってやつか。やっといてなんですが、とても恐ろしい眺め。

血があまり見えないのがせめてもの救いだ。

「数が半端なかったね」

「だが、これだけ影響を受けている竜がいるということは、黒竜王に近づいているんだな」

そうかもしれないけど、こんなに竜と戦うのは疲れるね。


その後一部の竜は、勇者様特製串焼きとして、本日の晩ご飯に変わった。

正直気乗りはしないものの、命はありがたくいただかないと……だもんね。味はあっさりしていて悪くないので、鶏肉《とりにく》だと思っていただく。ついでに明日のお弁当もこの串焼きだ。

暴竜も本当は賢くて大人しく、余程のことがない限り人を傷つけない。嫌いな爬虫類《はちゅうるい》にそっくりとはいえ、私にはとても可哀相に思える。

そう言うと、ハッピーも同じような考えだという。彼の実家の家業は、人に害をなす竜のハンターで、ずっと竜のことを考えてきたらしい。

「確かに竜は元々罪がないから、倒してしまうのは忍びない。しかし一度暴竜と化したものは何度も人や村を襲い、もう元には戻せない。影響の大元をなんとかしないと」

ハッピーも苦々しげだ。本当は生き物が好きな優しい人だもの、辛いよね。

「やっぱり早く黒竜王を倒さなきゃってことだね」

私達は気持ちを新たにするのだった。


それから、連戦に次ぐ連戦で北東に進むことさらに二日。

途中で数カ所村があったものの、どこもほぼ無人だった。建物は無残に破壊され、畑も滅茶苦茶。前に見た村と同じだ。

幸いなことに、ここでも死人や怪我をした人は見当たらなかった。みんな、無事に避難してくれたのだと思いたい。

改めて、いよいよ本当に大変なことになってきているということに気付かされる。

こんな被害がルーテル中に広がったら――

黒竜王は、今このルーテルにいる者をすべて従《したが》えるなり滅ぼすかして、自分達だけのものにしないと気が済まない……そう聞いていたのも納得できる。

私達は戦って進むしかないのだ。

そんな中、私はとある変化に気がついた。

私の剣の腕が実戦で少し向上したこともあって、ハッピーにはまだ気付かれていない。

でも……少しずつ、私の力は弱くなってきている。ついに体がこの世界に慣れてきたのだろう。

『扉』を潜《くぐ》ってきた者の中には、稀《まれ》にすごい力や跳躍力のある者がいる。そういう者もいずれはその力を失う――そう本には書いてあった。

私も例に漏れず、確実に力を失いつつあるようだ。

まだ大きな石を持ち上げられるし、いかにも重そうな剣も片手で振り回せる。でも、荷物の重石《おもし》がなくても体が飛び跳ねにくくなってきた。それに、前は一蹴りで自分の背の倍くらい跳び上がれたのに、半分ぐらいになった。動き回ったら普通に息も切れる。

完全に力を失ってしまう前に、早く本命の黒竜王に辿《たど》り着かないとマズイ。

怪力のない私なんて、ただの役立たず。お荷物になってしまうかも――

ハッピーに言うことができなくて、私はただただ焦りを募《つの》らせるのだった。


「ここもか……」

山に囲まれるようにある少し大きな街。ここには地方の神殿があるという。

情報収集と休息のために立ち寄ったその場所は、すでにあちこち破壊されて廃墟《はいきょ》と化していた。人の姿もない。

それでも不思議な力にでも守られているのか、神殿だけはほぼ無傷だった。しかし無人だ。

あの青い髪とお髭《ひげ》の神官さんが待っていないのは、かなり寂しい。

人の気配のない神殿で、私達は勝手に休ませてもらった。野宿と度重なる竜との戦いで疲れ切っていた体は、少しばかり癒《いや》された。

そして、翌日。

神殿のあった街を出て馬を走らせ、岩山の目立つ荒れ地に差しかかった時だった。

「ぴっ！」

突然、チビが何かに気がついたように空を見上げ、馬のたてがみをよじ上《のぼ》りはじめた。

「危ないよ、チビ」

止めてもチビは聞かなくて、馬の頭の上に到達すると、そこでじぃっと空の一点を見つめる。明らかに今までと様子が違う。

これってひょっとして……

「黒竜王の気配を感じたの？　近い？」

「ぴっぴ！」

チビの小さな前脚が一方向を指し示す。進もうとしていた方とは、やや角度がずれている。

「ハッピー、もう少し右の方みたい！」

私達は方向を修正してチビの指す方へ馬を走らせる。

胸がドキドキする。この先に黒竜王の城があるのかな。

尖《とが》った岩山の上空は、太陽を遮《さえぎ》るようにもくもくと雲が広がっていて、まだ何も見えない。

しかしチビは相変わらず一点を示し続けている。

「トモエ、あれを！」

ハッピーも空を指さす。

そしてそれは、雲の切れ間から姿を現した。

ゆっくり、しかし堂々と。

前方の上空に現れたものは、太陽を背に、地面に大きな影を落として、音もなく浮かんでいる。

「……でかっ」

思っていたのと違う、というのが第一印象だろうか。それは想像以上に巨大なものだった。

城というより、一つの島が空に浮かんでいるかのようだ。

独楽《こま》のような円錐《えんすい》形の上に、無数の不思議な塔が生えているようなシルエット。

逆光なので色はよくわからないが、硬いものでできている感じがする。

とにかくわかるのは、地球でもこのルーテルのものでもなく、異質なものということ。

確かにこれは異世界から来たものだと一目で納得がいく。

人の力でなんとかなる代物《しろもの》ではない……そうラキトスさんが言っていた意味がわかる。

こんなに巨大なものが空に浮かぶだけでもすごいのに、異世界間を移動するなんて――

いやいや、気圧《けお》されている場合じゃない。

「浮かぶっていうより、ものすごい高さを飛んでいるんだね、黒竜王の城」

山の高さと比較して、軽く数千メートルくらい上空を飛んでいると思う。

ところで今、私はものすごく基本的で大事なことに気がついてしまった。

「見つけたのはいいけど、どうやってあそこまで行くの、ハッピー？」

その私の言葉に、ぽつりと返すハッピー。

「……うん。本当だな」

考えてなかったのか！

そういえばラキトスさんは、飛竜と行ったと言っていた。

ということは竜に乗って飛んで行ったんだよね。恐らくその前の歴代勇者も同様だろう。

なんでもっと詳しく聞いておかなかったんだよ、ハッピー！　それとも高いところが嫌だから、敢えて無視していたの？

私もなぜ今の今まで気がつかなかったんだろう。

おまけに、チビをお供にすすめたラキトスさんも。

確かに正確な位置はチビでもわかった。

でも、先代達の人を乗せて飛べる飛竜とこの子竜では、比べものにならないじゃないか！

「どうすればいいの……」

せっかく見つけても辿《たど》り着けないいんじゃ、黒竜王と戦いようもない。

ここまで来てなんという本末転倒な勇者パーティですか、私達！

そうこうしているうちに、黒竜王の城はゆっくりと移動していく。

困り果てていると、チビが馬の頭上から地面に飛び降りた。

「チビ、どうしたの？」

「ぴっ！　ぴぴぴぃぴ！」

チビは何やら身振り手振りで私達に訴《うった》えている。

うーんと前脚を広げて、今度は自分の胸をバンバンと叩く。

私は見たまんまをなんとなく訳す感じで、口に出してみる。

「大きい？　自分？　任せろ？」

チビがうんうんと頷《うなず》いたところを見ると、どうやら合っているようだ。伝わったことが嬉しかったのか、チビは得意げにしている。

でも、全然意味がわからない。

任せろって、片手で抱っこできちゃうくらいの、小さな竜に？

わけがわからず見ているしかない私とハッピーの目の前で、チビは地面に丸くなって唸《うな》りはじめた。

「ぴぃいい……っ！」

ものすごく力んでいる。しばらくして、鱗《うろこ》が逆立ってきた。

チビ、何をやっているの？

次の瞬間。突然チビが、ピカーッととんでもない光を放った。私は思わず目を閉じる。

次に目を開けた時には、そこにチビはいなかった。

代わりにいたのは、真っ赤で大きな竜。鱗《うろこ》の色がチビと同じだけど……って！

「え？　えええええぇーっ⁉」

出現した竜は、尻尾まで入れたらトラックほどの大きさだ。

真っ赤な宝石のような鱗《うろこ》で覆《おお》われた竜は、しゅっと細身の体つき。首は白鳥のように長く、鋭《するど》い爪を持った脚も均整がとれている。

そしてその背中には、薄い大きな翼が、炎でできているかのように揺らめき輝いている。

苦手な竜なのに、美しいと感じた。

黒竜王に反応している竜特有の妖《あや》しい目の光はなく、アーモンド形の真っ黒の瞳が、優しげにこちらを見ている。

随分とイケメンな竜だけど、どなた様？　チビはどこに行ったの？

ぽかーんと呆けたように見ていたハッピーが、絞《しぼ》り出すように言う。

「チビ、お前、変身できたのか」

「ぴっぴ！」

得意げに返事した竜の声は、チビそのままの甲高《かんだか》い声。カッコいい見た目とはアンバランスだ。

「え？　本当に……チビなの？」

「ぴっぴ！」

また返事をした。

見た目が変わっているけれど、間違いない。

でも……チビがチビじゃなくなっちゃった――――！

「……あんなに小さくて可愛かったのに……もう膝にのせて撫《な》でられない」

そんなことを言っている場合じゃないよハッピー。

そういえばラキトスさんが、チビはちっとも大きくならないと言っていた。

本当ならもうこのくらいの大きさになっていてもいいところを、敢えて成長しないように抑えていたのかもしれない。この大きさじゃ、ラキトスさんの木の上の小屋では暮らせないから？

いやいや、今はそれもどうでもいい。

大きな翼は充分に飛べそう。さっき任せろと言ったのは、まさか……

「ぴっ、ぴっ」

長い首で、自分の背中の方を示すチビ……というかデカ？　まあ、名前は名前だから、チビでいいか。

「乗れって？」

「ぴぃ」

「チビが私達を乗せて飛んで行ってくれるの？」

「ぴぃぃ！」

やっぱりそうか！

この旅はいろいろあったけど、なんだかんだで上手く行ってきた。

先代にも早くに会えた。

喧嘩しても仲直りできた。

『扉』が消えても私は生き残った。

出戻ったことで、目的の黒竜王の城にも近づいていた。

そしてこのチビも――

『勇者様は幸に恵まれておいでだ』

どこかの神殿の神官さんが言った。

『確かに今代の勇者は幸福なのかも知れぬな。共に行くのが異界から来た聖女というだけでなく、幸運の先代勇者の孫かもしれんのだぞ。きっと無事、黒竜王を倒せるだろう』

ラキトスさん……先代勇者ラッキーも言った。

ハッピーの神の加護は本物だ。何もかも結果オーライに持っていくところが、神に選ばれし勇者の真の力なのだろう。

チビが変身したのも偶然じゃなく必然。

あんな途方もないものに挑むには、やっぱり神懸《かみが》かりな幸運がないと！

これで空も飛べる！　行けるよハッピー。

「チビ、二人も乗って重くない？」

「ぴぃいぴぴっ」

大丈夫、と言っているのがわかる。

竜は賢い。その中でもチビって、時々人の言葉を喋《しゃべ》っているみたいに聞こえる。

ハッピーと顔を見合わせて、同時に頷《うなず》く。

そっと二人でチビの背中に乗ってみた。ハッピーが前に、私が後ろに。

背中は二人乗っても充分に余裕がある。

「ぴぃ――――！」

一際高く声をあげ、チビは翼を動かしはじめた。

ばさ、ばさ、と力強くオレンジの炎のような翼が羽ばたく。そしてふわり、と浮いた。

最初は慣らすようにゆっくりと空に上がっていくチビ。人を二人も乗せているとは思えないほど、力強く羽ばたく翼。

そのスピードはたんだん速くなり、あっという間に空高くまで舞い上がった。

「スゴイ、すごい！　見て、飛んでる。私達、飛んでるよハッピー！」

もう森も街も下の方に小さく見える。空の上って超気持ちいい！

思わず私が感動の声をあげると、ハッピーはそーっと下を見て――貧血でも起こしたかのように、額《ひたい》に手を当てて傾いた。くらっときちゃったらしい。

「た……高っ……」

そうだった、ハッピーは高所恐怖症だった！

ハッピーも勢いでチビに乗ったはいいけど、これ、高所恐怖症には地獄だろうなぁ……

私は慌ててハッピーを支えながら、彼の目を塞《ふさ》ぐ。しかし、時すでに遅し。

「いやだあああぁーっ！　高いーっ！　怖いーっ!!」

神に選ばれし勇者様の間抜けな叫び声と共に、私は真っ赤な竜の背に乗って、決戦の地である黒竜王の城に向かったのだった。

## 4

空に浮かぶ黒竜王の城……確かに人は住めそうだから、城で間違いはないのだろう。

動くという話から、異世界間を渡る乗り物みたいな役割のものだと思っていた。

近づくにつれてはっきりと全体が見えて、私は考えを改める。

城でも乗り物でもなく、空に浮いた大きな街に近い印象だ。とても不思議で、確かに違う世界から来たのだとわかる。

私とハッピーを乗せたチビはさらに高度を上げて、一旦黒竜王の城を上から見下ろすようにくるりと旋回する。

「すごい……」

土台になる逆さの円錐《えんすい》の上に、無数の不思議な形の――塔なのかアンテナなのかわからないものが並んでいる。それらは、上から見ると螺旋《らせん》を描くように規則正しく立っていることがわかった。中央が最も高くなっていて、全体のフォルムはトゲトゲした巻貝に近いかもしれない。

何によってできているのかもわからず、不気味だ。地球やルーテルの建物のように、人が木や石などの自然の素材で造った温もりは微塵《みじん》もなく、とても無機質な感じがする。

歴代勇者様方はなぜ城ごと壊しておかなかったんだ、と思った過去の自分を張り飛ばしたい気分。

こんなもの、人の力で破壊できる代物《しろもの》ではない。むしろ、ここに乗り込んで、相討《あいう》ちとはいえ黒竜王を撃退した過去の勇者様方はすごすぎる。尊敬どころか、崇拝《すうはい》せねば。

それに、こんなものを大昔に造ったラーテルの人もとんでもない。

でも黒竜族は滅びようとしているのだと聞いた。黒竜王はこれを自分の意志では動かせないのだとも。その理由は、一体なんなのだろう。

「ぴぃっ」

チビの鳴き声で、私はハッとする。

感心ばかりもしていられない。早くどこかに降りないといけないし、チビが指示を待っている。

しかしこうも大きいと、どこに黒竜王がいるのかもわからないな。

「ハッピー、どの辺りに降りればいいかな？」

そう声をかけたけど、ハッピーは意識があるのかさえ怪《あや》しい。チビに指示を出すどころじゃない。

竜の背に乗って空を飛ぶなんて、高所恐怖症には辛すぎる。

やっぱり、ハッピーを一人にしなくてよかった。ここは私がなんとかしないと。

どこがいいかなと見渡して、中央にそびえ立っている一際太くて高い塔が目に入った。

ラスボスはど真ん中、しかも高いところにいるのがお約束――と思う私は、単純すぎるかな？

まあ、単純でもいいか。私はハッピーに代わってチビに指示する。

「チビ、真ん中の方に降りられる？」

「ぴっ！」

もう一度旋回してから、チビが中央の塔を目指して高度を下げていく。

塔のてっぺんに降りたら、黒竜王と戦う前に勇者様が昇天しそうなので、少しでも低くて平たいところに降りたい。

幸いトゲトゲの間にはそれぞれ通路のような隙間が見える。街の大通りくらいの幅はありそうなので、翼を広げたチビでも充分に降りられそう。

周囲に敵がいないか確かめながら、そっと降りていく。

でもよく目を凝《こ》らすと、あちこちにチカチカと点滅する赤や青の不思議な光、塔と塔の間に細い糸のような光が無数に張り巡《めぐ》らされているのが見える。

この城を造った昔のラーテルの人達は魔法を極めていたということだし、セキュリティシステムみたいな守りの魔法が施《ほどこ》されているのかもしれない。

ルーテルのちょっと遅れた……素朴でレトロな世界には馴染《なじ》めたけれど、ここはすごく異質な感じがする。

中央の大きな塔の下、広場のような少し開《ひら》けた場所に、チビはゆっくりと着地した。

うわ、下から見ると塔はものすごく高い。陽の光も遮《さえぎ》られて薄暗い。まるで深い谷底に降りたような気分。

「ハッピー、着いたよ。大丈夫？」

「あ、ああ……」

なんとか返事をしたけれど、勇者様の目は完全に死んでいる。それでもチビの背中から滑るように降りて、地面……というか床に足が着いた途端に、ハッピーは復活した。

「よ、よし。足元がしっかりしたから、もう大丈夫」

声はまだ若干《じゃっかん》震えているものの、元気を取り戻したハッピー。まだこれからが本番とはいえ、高所恐怖症としては、最大の難関を突破したと言っても過言ではない。

確かに、かなり足場が安定してるから、ここが空の上だとは思えない。フワフワした感じすらない。

高ささえ感じなければ、ハッピーは頼もしい勇者様だ。いつでも抜けるように剣の柄《つか》に手をかけながら、しゃきしゃき歩きはじめた。その後に、私とチビも続く。

すると歩きはじめてすぐ、チビが鋭《するど》く声をあげた。

「ぴぴっ！」

ハッピーの真上にオレンジ色に光るものが現れている。私も慌てて声をあげる。

「ハッピー！　上！」

ハッピーはハッとして横に避《よ》けたが、それは同じようについてくる。

なんだろう、あれ。光の環《わ》？

首を傾《かし》げて、ふと頭上を見ると——私の頭の上にも同じものが！

逃《のが》れる暇もなく、オレンジの光は頭の上から胸のあたりまで降りてきて、私は環《わ》の中に収まってしまった。

え……これって、黒竜王に捕まった!?

怯《おび》えていると、意外にも環《わ》は体に触れず、適度な距離を置いて宙に浮かんだままだ。そのオレンジの光は、よく見ると文字らしきものが輪のように繋がっている。

魔法陣的な何か？　触れると何が起こるかわからないから怖くて、身動きできない。

すると、環《わ》がゆっくりと足元まで下がっていき、すうっと消えてしまった。

何をされたんだろう？　気味が悪いけど、別段何もなさそう。

攻撃でも捕縛するためのものでもないのなら、あれは何？　何かを調べるための魔法？　そういえば、なんとなく病院のＣＴスキャンに似ていた気がする。

ハッピーも同じだったみたいで、不思議そうな顔で首を傾《かし》げている。

「何だったんだ、今の？」

「わからない。でもどこも痛くもなかったし、変わったところはないよね」

やっぱり、ここは得体の知れないところだな。

気を取り直して、中央の塔に入ろうか。

親玉はど真ん中にいるだろうという私の意見に、ハッピーは異論を唱えなかった。黒竜王の居所《いどころ》がわかるというチビが、しきりに首を伸ばして塔の上ばかり見ているから、あながち間違いじゃなさそうだ。

私達は入り口を求めて、塔の周囲を回ってみる。軽く見積もっても、外径は百メートル以上あるだろう。高さとなるとどのくらいあるのかさえわからない。

「大きいなぁ……」

もうそれしか感想が出ない。一体中はどうなっているのかな？

「ここが入り口だろうか？」

もうすぐ一周というあたりで、ハッピーが周囲と少しだけ色の違う部分を見つけた。扉と言うにはあまりに地味ではあるが、両開きで開きそうだ。

ドアっぽいものには取っ手も何もない。開閉するためのスイッチもなさそう。

仕方ない、この腕力でこじ開けてみるかと、私が手を伸ばした瞬間。

しゅこん、と音がしてドアは勝手に開いた。手に力をこめようとしていた私は、空振《からぶ》りでつんのめる。

倒れはしなかったものの、なんだかカッコ悪い。おっとっと、とガニ股になったのをハッピーに見られて乙女的にはかなり恥ずかしい。

「じ、自動ドアなんだね。すごい、魔法の力かな」

私は誤魔化すように言って、中に一歩踏み込む。

外は高い塔で陽の光が遮《さえぎ》られて薄暗かったのに、中は驚くほど明るくて目が眩《くら》んだ。

そして塔の中は――

「うわぁ……」

思わずため息が漏れる。

外観もすごかったけれど、内部はさらにとんでもなかった。

私が今まで生きてきて、実際に見たことのあるどの建物にも似ていない。

とても高い円錐《えんすい》形の建物なので、中の床は円形。

そして見上げると、吹き抜けになっている。しかし塔が高すぎて、上の方は見えない。『天井？　何それ』という感じだ。

強《し》いて言うなら、まるで巨大なバネの中にいるみたい……。壁際にはスロープ状のなだらかな通路らしきものが、螺旋《らせん》を描く形で上へ続いている。

通路が壁を一周するごとに、扉のない出入り口がついているようだ。ということは、今見えている壁の外側に、何かあるのかもしれない。

あと、窓はなく、照明らしきものも確認できない。それにもかかわらず、眩《まぶ》しいほど明るいのはなぜだろう。

一見、銀色の金属っぽいものでできているだけに、不思議だ。ひょっとしたら壁や床が自《みずか》ら光を発しているのかもしれない。

『扉』の通路や西の森の川底で光っていた石とも違う、もっと冷たい感じの硬い光。

壁や床に、レリーフや模様などの装飾的なものが何もないというのも、違和感を覚える要因の一つだろう。城というよりは工場か実験施設の中と言った趣《おもむき》だ。それにより、一層寒々しさが増している。

別に特別な匂いもないのに、空気も違う気がする。そして静かだ。物音一つしない。

「誰もいないな」

「うん……」

広い広い円形のフロアを見渡してみても、人の姿はおろか、竜やその他の生き物の気配もまったくなく静まり返っている。

どこかに通路や階段がないかと、私達が少しうろうろしていると――

「オ待チシテマシタ」

「わっ！」

誰もいないと思っていたところから、突然声が聞こえて、ハッピーと私は飛び上がった。

ハッピーがすぐさま剣の柄《つか》を握って身構える。でも、周囲には誰もいない。

確かに声がしたのに……私がキョロキョロしていると、再び声が聞こえた。

「聞コエマスカ？　言葉、分カリマスカ？」

機械音声のような不自然な響きの抑揚のない声。

私は誰もいない空間に向かって尋ねてみる。

「は、はあ……ちゃんと聞こえますし、わかりますけど。どこにいるんです？」

「姿を現せ！」

ハッピーが剣を抜いて厳しい声をあげると、また声が聞こえた。

「失礼シマシタ。解析終ワリマシタ」

その言葉の後に、目の前にすうっと人影が現れる。

「うっ⁉」

「ぴっ‼」

「ぐえっ」

ハッピーがビクッと身を竦《すく》めた。同時に、驚いたチビが私にしがみついてきて、私は情けない声をあげる。

人影の正体は、水色っぽい長い髪を一つに結《ゆ》わえた若い女性だった。

彼女は優雅な仕草でお辞儀をする。

「驚カセテ申シワケアリマセン」

どこかに隠れていた人が歩いて出てきたというのではなく、本当に何もない空中から突然現れたのだから、驚きもする。

それにこの人、なんだか微妙に透《す》けている気がする。幽霊？　そう思う前に、立体映像という言葉が頭に浮かんだ。それにしてはこちらの状況もわかっていて、受け答えもできているのが不思議。まさに進んだ魔法って感じ。

ブルブル震えているチビをなんとか引き離して、私は女性に尋ねてみる。

「あなたが黒竜王ですか？」

もしそうだとしたら、思っていたのと違うパートツー。考えてみたら顔や姿形はおろか、黒竜王が男なのか女なのかすら知らなかったけど。

女性の返答は穏やかだった。

「イイエ。ワタシハ、ココノ案内係デス」

よかった。いきなり真打登場じゃなくて。

――いやいや、いいのかな？　案内係って何よ？

一応私達は決戦の地に乗り込んできたわけで、ここの人からしたら敵じゃないの？

それ以前に、結構な美人さんだけど普通のルーテルや地球の人間と変わりなく見える。なぜかどこかで見たような顔だなとすら思える。この城を造ったのは、黒竜族だよね。だったら……

「ラーテルの黒竜族って、ルーテルの人と見た目が変わらないんですね」

私がさりげなくそう言うと、案内係だという女性は首を横に振った。

え？　この人は黒竜族じゃないの？

「安心シテモラエルヨウ、ワタシニハ相手ト同ジ言語、同種族ニ見エルヨウ変化スル術ガカケラレテイマス。過去ココヲ訪レタ同一種族ノ姿ト、先ホド収集サセテイタダイタ、アナタ方ノ情報ヲ解析シテ、無作為ニ作ッタ姿デス」

情報さえあれば、どんな種族にも変身できて言葉も変えられるということ？

なんだか感心するより呆れちゃう。どんだけ進歩してたんだ昔のラーテル。

そして変身しないといけないということは、やはり黒竜族は見た目が人間と違うということだな。

過去にここを訪れた人といえば歴代勇者様方と祖母くらい？　そこに私達の情報も混ざっているのね。どこかで見たことのある顔だなと思うのは、ラキトスさんや祖母、ハッピーや私の要素も入っているからかな。

……それにしても、やっぱり光の輪っかは情報収集するためのものだったのか。

安心してもらえるようとか、優しいことを言っているけれど、勝手に他人に情報を読み取られるのは面白くない。

でも、案内係とわざわざ言ってきているのだから、案内してもらおうじゃないのよ。案内だと装《よそお》って攻撃してきたら、全力で応戦してやる。

そんなことを思っていると、ハッピーが案内係に尋ねる。

「黒竜王はどこにいる？」

「現在、主《あるじ》ハ最上階ニイマス」

やはりラスボスはど真ん中の高いところにいるという、お約束通りか！

そして普通に答えるんだ、案内係……

「どうやってそこまで行くのだ？」

ハッピーがさらに聞く。

さすがにそれは教えてくれないんじゃ……

私がツッコミを入れたいのをぐっと我慢していると、案内係は微笑んで返答した。

「最上階へハ、奥ノ昇降機ノ使用ガ、オススメデス」

おすすめを教えちゃうんだね！

そして昇降機って、なんだろう？　言葉のイメージ的には、エレベーターかな。エレベーター完備だとしたら、なんと至れり尽くせりなんだろうか。

ゲームだって、ダンジョンを攻略して勇者がラスボスの部屋に辿《たど》り着くには、かなりの苦労を要する。道に迷い、相当の努力と犠牲《ぎせい》を払いながら進まねばならないものだ。なのに、エレベーターでぴゅんっと行けるなんて……

いや待って。エレベーターといえば閉鎖空間だ。そして動かすのは相手任せになるだろう。途中で止まったら脱出するのは非常に困難か、最悪出られないことも考えられる。永遠に。

ひょっとしてこれは相手の戦略の一つ？

ここは完全アウェイだ。敵地に乗り込んできて、わざわざ閉じ込められる危険性のあるものに乗るのは愚《おろ》かではなかろうか。

「トモエ、昇降機って何だ？」

首を傾《かし》げるハッピーには、後で説明するとして、私は案内係に聞いてみた。

「他に上がる手段……階段などはありますか？」

階段を上《のぼ》るのは相当大変だと思うが、エレベーターに乗るよりマシな気がする。

今見えているスロープ状の通路らしきものを進んでもいいけれど、あれには手すりがない。高所恐怖症のハッピーには酷だろう。

「アリマス。デスガ、時間ト体力ガ必要トナリマス」

「それは大丈夫なので階段で行きます」

「了解デス。デハ、昇降機横ノ非常階段ヲ、ゴ使用クダサイ。不明ナ点ヤ、オ困リノ際ニハ、二十階ゴトニ案内係ガイマスノデ、オ声ガケクダサイ」

不明な点やお困りの際は……と言われてもなぁ。

どんだけサービスのいい敵地なんだろうか。いいのだろうか、こんなことで。

いやっ！　これも戦意を削《そ》ぐ策略かもしれない。気合いを入れなきゃ！

——そこから私達のとてつもなく長い戦いが始まった。

案内係と別れ、言われたとおり奥に行くと、昇降機らしきものとその横に階段を発見した。

昇降機だと閉じ込められるかもという危険性を簡単に説明したところ、ハッピーも階段で行くことを承知してくれた。そして、何も襲ってくる気配がないのもいい。

だけど、実はこの階段がボスクラスの強敵だった。

長い……長すぎるよっ！

外から見た限り、この塔は何百階というほど高さがありそうだった。当たり前といえば当たり前なんだけど、キツい。

高所恐怖症のハッピーには、決して振り向くな、下を見るなと釘を刺す。幸い、階段は螺旋《らせん》状なので、各階の踊り場から身を乗り出さなければ高さはあまり感じない。だがまったく果てが見えない。

体力は徐々に削られ、ずっと代わり映えしない景色に精神的にも消耗する、終わりなき戦い。

ぐるぐるぐるぐる……ハッピー、チビと共に無言で螺旋《らせん》階段を上《のぼ》り続ける。

それから——どのくらいだろうか。体感的には数時間は経った気がする。

かなり疲れてきたところで、踊り場に何人目かの案内係さんを発見した。二十階ごとにいると言っていたので、二十の倍数階進んだということだけはわかる。

どの案内係も入り口で会った人と同じ顔、同じ姿だ。

毎度お約束のように同じ顔が待ち構えているというこの感じ、懐《なつ》かしいかも。最後に別れてからまだそんなに経っていないのに、神官さん達が恋しくなる。元気かなぁ。

休憩も兼ねて、一度踊り場で私は案内係に尋ねてみる。

「あの、最上階まであとどの位？」

「全五百八十一階層中、現在地ハ六十階層。後、五百二十一階層デス」

「……へぇー」

こういう時は決まって声の揃う私とハッピー。多分二人とも情けない顔をしているのだろう。

六十階も上がってきたのに、まだ全然終わりが見えないじゃん！

「昇降機ノ使用ヲ、オススメシマス」

そこで改めて案内係がにこやかにおすすめしてくれるけれど……

「いや、それは遠慮しておきます」

正直乗っちゃいたい。とはいえ、根性で歩くか、途中で閉じ込められる危険を覚悟して楽をするかを天秤《てんびん》にかけたら、勇者パーティとしては根性を選びたい。

先代達もこれ、上《のぼ》ったのかな……

そう思いつつ、私達が踊り場から階段に戻ろうとした時。

「ぴぃぴ」

ん？　チビが何か訴《うった》えるように私の肘を鼻先で突《つつ》いた。

振り向くと、チビが長い首を後ろに回してくいくいっと合図している。

もしかして、また背中に乗れと言っているの？

「あ」

ハッピーと顔を合わせて、同時に呆けたような声をあげた。

チビはなぜもっと早くに言ってくれなかったのか。そして私もハッピーもなぜもっと早く気がつかなかったのだろうか。

――覚悟も根性もいらなかった。そして、この数時間の苦労も。

「最初からこうすればよかったね」

「ああ……」

飛べるチビに乗って、スロープ状の通路から吹き抜けを一気に上昇。おお、速い速い！

高所恐怖症のハッピーには再び悪夢のような時間であっても、この後も延々と螺旋《らせん》階段を上《のぼ》り続けることを考えれば、一時《いっとき》の恐怖を我慢することを選んだみたい。

また、たとえあのまま上《のぼ》り続けたとて、黒竜王のもとに辿《たど》り着く頃には、恐らく疲労で体力は残っていなかっただろう。戦うどころじゃない。

……私達、間抜けだった。

徐々に狭くなる銀色の螺旋《らせん》の中を、真っ赤な竜に乗った私達は上へと進む。

見上げると天井か、最上階の床が見えてきた。なんだか不思議な色彩だ。もうすぐ着く？

ちらっと横をうかがうと、踊り場のところに案内係が見えた。何階の案内係かは不明。彼女は無表情でまっすぐにこちらを見ている。

おすすめしてくれた昇降機も階段も無視した私達が面白くないのかな。

私が手を振ると、案内係も手を振り返してくれた。付き合いはいいみたい。

私がそんなことをしている間に、事態が急変した。

「ぴぴ！」

チビが警戒したような鋭《するど》い声をあげた直後、虹色の光の玉がどこからともなく襲ってくる。私達はその光に包まれた。

何？　なんなの、これ？

途端に不思議な感覚に捉われる。

チビの感触が急に消え、体が宙に投げ出されたような感じだ。

すぐ目の前のハッピーの姿もはっきり見えているのに、ひどく遠くにいる気がする。

そして、墜落感に襲われた。高いところから落ちていくような感覚。

この感じは『扉』を潜《くぐ》った時に似ている。

「なんだ、これは？」

「ぴぃ……」

ハッピーもこのおかしな感覚に襲われているのだろうか。チビも？

私達を包んでいた虹色の光が消えたと思うと、突如周りの景色が変わった。

たった今まで私達は塔の中にいたはずなのに、周囲の景色は完全に屋外だ。

空に浮かぶ私達の眼下に広がったのは広大な大地。

この城の塔に似たトゲトゲした山、満々と水を湛《たた》えた湖、青々とした草原、生い茂る森。その木々は、図鑑で見たことのある原始の大きなシダのような不思議な形だ。

緑の草原では竜達が草を食《は》み、群れを成して駆け回る。明るい太陽が輝く少し紫っぽい空には、無数の巨大な飛竜がのびのびと飛び交う。

無機質で静かすぎる塔の中とは違い、命溢《あふ》れる竜達の楽園が広がっている。

ひょっとして、どこかに飛ばされた？

先ほどの虹色の光は『扉』？

私達は『扉』を潜《くぐ》ってしまったの？　でも、扉は見ていないよ？

――いや、違う。

周りの景色も竜達も、よく見るとあの案内係と同じく微妙に透《す》けている。

景色の向こうに、かすかながら塔の内部が見えた。

この光景もあの案内係も、きっと映像みたいなものなのだろう。私達はどこにも移動していない。

これは投影された幻《まぼろし》なんだ。

少し透《す》けた風景は、早送りのごとく変化し続ける。

今度は殺伐とした――乾いた大地が広がった。生き物の気配はなく、空も暗い。

さっきの竜の楽園とは違う世界だと直感でわかった。山の形、大地の亀裂になんとなく見覚えがある気がする。

また景色は変わり——竜の楽園の世界だ。豊かな自然はそのままに、ところどころ、高層の建物が集まった美しい街がある。

街と街は宙に浮かんだ光の道で繋がれ、不思議な乗り物が行き来している。街以外の場所は竜や野生の生き物が暮らし、植物も水も綺麗だ。環境破壊とはほど遠い雰囲気。

くるくると入れ替わる映像を見ているうちに——私はその意味に気がついた。

豊かな世界は気の遠くなるような昔のラーテルの姿。

そして暗い方の世界が同じ時代のルーテル。

光と影のごとく対《つい》の存在である二つの世界は、かつて今とは正反対だったのだとラキトスさんが言っていたとおり。

次の瞬間、映像がまた突然変わった。

これはラーテルだ。大きく揺れる大地に、逃げまどう人や竜。

美しかった街は跡形もなく崩れ、空の太陽は光を失い、草木も枯れ果てていく。飢《う》えに倒れる獣《けもの》や竜。

遠目にしか見えないけれど、わずかに人間も残っていた。彼らは過酷な環境下で生きるために、文化的な生活を捨てて弱肉強食の野生に戻ってしまったらしい。

あまりに悲しい眺めに、目を塞《ふさ》ぎたくなる。

すると景色が一変し、今度はルーテル。明るい太陽が差し、雨が降り、草木が芽吹いて緑豊かな世界へと変貌《へんぼう》を遂げた。

あちこちの地面の割れ目や岩肌の穴に、虹色に揺らめく不思議な光が見える。あれは、生まれたばかりの『扉』だろうか。

そこから異世界の動物や人が現れ、徐々に命溢《あふ》れる世界に変わっていく。

ある時、神の悪戯《いたずら》のように、ルーテルとラーテルの光と影の位置づけが逆転してしまう異変が起こったのだ。

ラーテルには壊滅的な天変地異が起き、あれだけ栄華を極めた文明は崩壊した。

同時にこのルーテルには異世界と行き来できる『扉』が生まれ、様々な世界の人種や文化が融合して今に至る――

確かに聞いていたこととはいえ、こうして目《ま》の当たりにすると、それがどれだけすごいことなのかがわかり、言葉も出ない。

そういえば、『ラーテルの人が可哀相だ』と漏らした私に、祖母も同じことを言ったとラキトスさんが言っていた。ということは、先代達はもちろん、祖母もこれを見たのだろう。

頭の中に直接刻み込まれたように、わかったことがある。

これは……記憶。

この空に浮かぶ城が見てきた、ラーテルとルーテルの長い記憶。

世界の逆転による異変を、元々異世界間を渡っていたこの城だけは免《まぬか》れた。

昔に造られた姿のまま、ずっと二つの世界を行き来し見続けてきた。それを私達に伝えようとしているのだろう。

今のラーテルの黒竜族には、この城を制御する知識や魔力がないのだろう。ただ自動で動き続ける、過去の遺物を利用しているだけ。

黒竜王はこの城を自分の意志では動かせないということの意味も、理解できた。

「……いろいろ知らなかったことがあるな」

同じく過去の記憶を見てきたハッピーがぽつりと言った。彼にも映像の意味が理解できたらしい。

気がつけば、辺りは元の塔の中に戻っていた。

私達はチビの背に乗り、最上階はもう目前だ。

「ねぇ、ハッピー。これでもまだ黒竜王と戦える？」

「ああ。関係ないな。俺は今現在ルーテルに生きる人間だ。どんな歴史があるとしても、今この世界に害を成すものは倒す。今を生きている者は前だけを見て進むのみ」

力強く言う今代の勇者は、まっすぐに上を見ている。黒竜王が待つ最上階のある方を。

横の踊り場にまた案内係が見える。

残念ながらラーテルに起こった悲劇的な歴史を知ったところで、勇者様は戦意を削《そ》がれはしないみたいだよ。女性の形をした幻《まぼろし》に向けて、心の中で呟《つぶや》いておく。

世界の入れ替わりがなければ、ラーテルは今でも栄《さか》えていたかもしれない。でも、それではこのルーテルに『扉』は生まれなかった。

『扉』がなければ、私はこうしてハッピーと出会うことはできなかったろう。そもそもルーテルに人の営《いとな》みが成されることはなく、ハッピーは生まれなかった。そして、祖母が先代勇者ラッキーと出会わなかったのだから、私という存在もなかったかもしれない。

「もう少しだね」

私がそう呟《つぶや》くと、ハッピーは何も言わずに頷《うなず》く。

永遠に続くかに思えた螺旋《らせん》の果てが見え、私達はいよいよ黒竜王の待つ最上階に向かったのだった。


いざ世界の命運を賭《か》けた決戦の時！

——と、ものすごく気合いが入っていたのはよい。

勇者様が飛竜にまたがり、颯爽《さっそう》とラスボスの前に現れたら、そりゃあカッコよかっただろう。

そこは、そういかないのがお約束な、どこか致命的に間抜けな私達だ。

「……まあな、勇者選定の時に、お前が先に聖剣を抜いた地点でケチがついてるからな」

「それをまだ言うんだね。なんか……言いたいことはわかるけどさぁ」

一歩一歩階段を上《のぼ》りながらハッピーと愚痴《ぐち》る。

最後の最後で、結局私達は階段に戻った。

頭上にみっちり天井が塞《ふさ》がっていたということは、その上の最上階への入り口は吹き抜けにはない。案内係が最初に言ったように、昇降機か階段でしか入れないようになっていたわけだ。人の話はちゃんと聞いておくのだった。

というわけで、一番近い踊り場から結局徒歩で最上階に向かう。

そして、踊り場でチビから降りる際に、目の眩《くら》むような高さの階下が見えてしまい、ハッピーは気を失いかけた。テンションがダダ下がりだ。

「本当に大丈夫なの？」

そう確認した私に、ハッピーはすました顔でいつもの俺様口調を返す。

「もちろんだ。俺を誰だと思っている」

神に選ばれし勇者様だよね。まだ若干《じゃっかん》足が震えて、目が死んでいるとしても。

思ったより長かった最後の階段で、多少は時間が稼げてハッピーの調子も戻ったようなので、結果オーライということにしておこう。過去を映像で見せられて重くなってしまった雰囲気も、やや和《やわ》らいだしね。

最後の段を上《のぼ》り終えると、今度こそ目的地。

目の前には、他と比べてやや鈍《にぶ》い光沢の、重々しい黒い扉。

考えてみたら、この塔の外観やこのドアの、金属なのか違うものなのかわからない素材の光沢は、蛇やトカゲなどの爬虫類《はちゅうるい》の鱗《うろこ》に似ているな。

そんなことを考えている私の横で、ハッピーは確かめるように聖剣を握り直した。

覚悟を決めたという面持《おもも》ちのハッピーに、私は声をかける。

「勝てるよね？」

「ああ。絶対にな」

力強く返ってきた声に迷いはない。

大きく息を吸い込んで、私達は同時に扉に手を伸ばす。

扉はやはり自動で開いた。

「黒竜王、いざ勝負！」

聖剣を構え、最後の決戦に気合い満々、最上階に飛び込んだ勇者ハッピー。

待ち構えるは……

「イラッシャイマセ」

にこやかな笑顔で深々とお辞儀をする、あの案内係のお姉さんだった。

またも出鼻を挫《くじ》かれて、ハッピーがコントみたいにガクッと崩れ落ちる。

自動ドアが開いた直後、なぜお辞儀で「いらっしゃいませ」なのよ。ここはコンビニかっ！

一気に緊張感が飛んでしまった。

「な、なぜここにまで案内係さんが？」

私がゲンナリしながら聞くと、案内係は少し得意げに言う。

「現在ノ主《あるじ》ハ、コノ世界ノ言語ハ聞キ取レマセン。アナタ方モ、ラーテルノ言語ハ理解不能デショウ。ワタシニハ双方ノ同時翻訳能力ガ与エラレテオリマスノデ、ドチラニモ不自由ハナイヨウ務メサセテイタダキマス」

そうですか。もう何も言うまい。

黒竜王さんは異なる世界から来ているのだから、言葉がわからなくて当然だよね。私のように異世界から来てたまたま同じ言語が使われているというのは稀《まれ》だろう。

それにしても、双方の同時翻訳ができるなんて、すごいな、案内係。恐るべし古代ラーテルの超魔法技術。

でも、お姉さんがニコニコしていては緊張感が……

またテンションの下がったハッピーに代わり、私がそーっと提案してみる。

「ありがたいですが、とりあえず邪魔にならないように隅の横の方にいていただければ」

「了解デス。ソレデハ姿ヲ消シマス」

そう言った直後、案内係はフッと消えた。

消えられるんかい！　ならば最初からそうしていてくれればいいものを。

私は気を取り直して、部屋の中を見てみる。

一番下の階に比べて、この最上階はかなり狭くはなっているとはいえ、学校の体育館くらいはあるだろう。

装飾も何もなく無機質な感じだった入り口と違い、ここはなんとなく生きた気配がする。

高い天井には不思議な文様が描かれ、上の方に丸い窓もある。

粗《あら》い縄暖簾《なわのれん》か変わった御簾《みす》を思わせる仕切りがあって、その奥は一段高くなっていた。いかにも偉い人がいそうな雰囲気。

奥には、ものすごく背もたれの高い椅子があるのも見える。玉座《ぎょくざ》みたいだ。

そこに目指す相手は座っていた。

「待っていた」

ゾクッとするような冷たい声とともに、その人が立ち上がる。そして、仕切りを掻き分け、ゆっくりとこちらに向かって大股で歩いてきた。

その人は、手に黒くて巨大な剣を持ち、背筋を伸ばした堂々とした姿だ。

「お前が黒竜王か」

横にいる私にもその緊張が伝わってくるようなハッピーの問いかけに、その人は軽く頷《うなず》いた。

この人が黒竜王……！

竜が祖先だと聞いていたから、どんな見た目なのだろうと、私はちょっと怖い想像をしていた。とてつもなく大きかったり、びっしり鱗《うろこ》に覆《おお》われていたり、舌をチロチロと出したりしていたらどうしよう……とか。ゲームのラスボス、はたまたもっとおどろおどろしい角《つの》でもある魔王的な感じかな、とか。

予想に反してやや青紫っぽい肌以外は、案外普通の人間に見えてホッとした。

ところどころに鎧《よろい》のようなプレートのついた、真っ黒なレザー調の衣装だ。細身のパンツは体に沿う感じで、ガッチリした筋肉質な体形なのだとわかる。

でもやっぱり見慣れた人類と大きく異なるところはそう見受けられない。手も足も二本だし、首が特別長いわけでも角《つの》があるわけでもない。蛇足だが、足はいい意味で長そう。大変均整のとれたスタイルだ。

あ、予想外に若いかもしれない。他の世界の、しかも起源の違う人種の外見年齢の平均はわからない。けれど、私やハッピーと同じくらいに見える。

これまたものすごく蛇足だが、艶《つや》やかな長い黒髪の、結構どころか超イケメン様だ。

ただ、まっすぐ射貫《いぬ》くようにこちらを見る金色の目が印象的。瞳孔が暗い色で、縦長の瞳だった。

それによく見ると、首のところに黒っぽい鱗《うろこ》らしきものも見える。きっと竜の名残《なごり》なのだろう。

いかに整った顔立ちのイケメン様でも、個人的にちょっと鳥肌が立つ。

黒竜王は私を見た後、ハッピーに視線を移して面白くなさそうに言う。

「お前が今のルーテルの勇者か。女連れとは余裕だな」

その言葉に、フン、といつもの口調でハッピーが返す。

「こいつは女とはいえとても強い、異世界から来た聖女だ。ここに辿《たど》り着くまで共に戦ってきた」

「異世界から？　そういえばルーテルには『扉』があるのだったな」

……ハッピーと黒竜王の間で普通に会話が成り立っている。案内係さんはちゃんと翻訳してくれているんだな。

「黒竜王。この空に浮かぶ城とお前が現れると、世界に歪《ゆが》みが生じてその『扉』も不安定になる。竜達も暴れて尋常でない被害を出している。俺はそれを止めにきたのだ」

ハッピーが厳しい表情で力強く言って、聖剣を構えた。

おお。勇者様カッコイイよー！

「そのようなこと、我の知ったことではない。我の望みはお前を倒して勝利すること。同胞のためこの地を手に入れること」

黒竜王も黒い剣を抜いた。ハッピーもそうだが黒竜王もせっかちみたいだ。

ああ、いよいよ始まってしまうの？

一触即発といった雰囲気で睨《にら》み合うハッピーと黒竜王。

私もドキドキしながら剣をいつでも抜けるようにと、柄《つか》に手をかけた時――

「アノ、皆サン、正シク翻訳デキテイマスカ？」

またも場の雰囲気をぶち壊したのは、あの案内係の声だ。

抑揚のない機械音声っぽい女性の声がのどかに聞こえる。

私とハッピーだけでなく、黒竜王までガクッ、と崩れ落ちた。ということは、同時翻訳はどちらにも有効に働いているということで。

本来言葉が通じない相手と、普通に会話できるようにしてもらえるのはありがたいのだが、場の空気を読んでいただきたい。マジ勘弁して。それとも計算の上のタイミング？

なぜか男達に代わってまたも私が注意する。

「大変自然に翻訳されていますので大丈夫です。そのまま静かにしていてください」

「了解デス」

案内係がいいお返事をする。とはいえいつまたやらかしてくれるか不安だ。

なんとなくおかしな間《ま》が開いたけど、気を取り直して参りましょう。

またも仕切り直しだ。

ある意味、案内係のおかげでいきなり戦闘開始といかなかったことだし、ここは一つ私も話をさせていただきたい。

ダメ元で、黒竜王に提案してみる。

「別にルーテルを手に入れようとか、今いる人達を従《したが》わせようなんて思わなくていいんじゃないですか？　竜を暴れさせて人を襲うなどの迷惑をかけないなら、あなたの世界からたくさん移住して来ても、きっとここの人達は受け入れてくれると思う。それではダメなんですか？」

予想はしていたものの、黒竜王の返答はにべもない。

「問題外だ。我等にとっては、自《みずか》らの手で勝ち取ったものこそがすべて。陽の下でぬくぬくと生きる者達と共存などありえない」

あー。先代も言っていたけどやっぱり話にならないか……

映像で見たように、過去の異変以来ラーテルでは弱肉強食がすべての世界になってしまって長いから、根本的な価値観が違うんだろうな。ルーテルの穏やかな人達と一緒に仲良くとはいかないか。

さらに黒竜王はとんでもない野望を述べる。

「ルーテルの『扉』を手に入れれば、いずれはもっと素晴らしい世界へ行ける。正直ルーテルは足掛かりに過ぎん」

「ちょっ……それって……」

移住もだけど、『扉』も狙っているの？　ってことは、黒竜王がルーテルを手に入れたら、『扉』で繋がっている他の世界も……地球だって危ないじゃない！

あ、でも黒竜王がルーテルに現れると異世界間の歪《ゆが》みが生じて、『扉』が不安定になったり消えたりしているんだよね。だったら黒竜王達は『扉』を使えないんじゃないの？

さっきハッピーも言ったのに……人の話はちゃんと聞こうよ、黒竜王様。

それともこの城の古代の超魔法技術をもってすれば、なんとかできるとか……？　ありえそう。

「そんなこと――」

させない、と私が言いかけたところで、ハッピーが自信満々に言う。

「フン。黒竜王、お前を倒せば問題ない。ルーテルも『扉』も渡しはしない」

おお、カッコイイ！　いつもの俺様口調がこういう場面では、とても頼もしいよ勇者様！

そうだよ、こっちが勝てばいい。

「今度こそ我が勝つ」

自信満々なのは黒竜王も同じのようだ。

無言で睨《にら》み合い、ハッピーと黒竜王の二人が共に剣を握り直した。

一気に緊張感が部屋に満ちる。

よし、ハッピーと協力して黒竜王を倒そう、そう気合い満々で私も剣を抜いたのに――

「トモエ、ここは俺一人でやる。絶対に手を出すな」

ハッピーは黒竜王から目を離さずに、そう言う。

「何言ってるのハッピー？　私も一緒に戦うよ！」

一人で戦うって！　ここまで来て、それはないじゃない！

ハッピーはさらに続ける。

「先代も言っていただろう。黒竜王はラーテル側の選ばれし勇者だと。そしてこのルーテルで神に選ばれた勇者は俺だ。勇者同士、一対一で戦わねば相手に失礼だ」

言いたいことはわかるけど……でも！

「別に我は勇者一人にこだわらなくとも構わぬ。二人がかりで来てもよいのだぞ？」

黒竜王が煽《あお》るように言うが、ハッピーは首を横に振った。

「そもそも昔、最初に黒竜王が来た時、ルーテルは神に選ばれた一人にすべての命運を委《ゆだ》ねる代わりに、ラーテル側はその一人に勝てねば手は出さないと約束を交わしたはずだ」

え？　何それ、初耳なんだけど？

「そういうことだ。つまり我が勇者に勝った時点で、ラーテルはこのルーテルの地を手に入れることができるということだ。他の世界への『扉』と共にな。不甲斐《ふがい》ない先代達が無様《ぶざま》にも負けたせいで未だ成せてはおらぬがな」

なんか黒竜王も肯定しているけど――

「えーと、そういうものなのハッピー？」

「知らなかったのか？　お前が来た日に見ただろう。なんのための勇者選定だ。世界を委《ゆだ》ねるたった一人を選ぶことに意味があるんだ。先代の連れやお前という例外はあるとしてもだ」

すみません、今の今まで知りませんでした――

そんな大事なことは最初に言っておいてほしかったよ！

ハッピーもだけど、神官さんも、ラキトスさんも……ひょっとして知っていて当たり前の常識だということ？　神殿で渡された本にも書いてあったのかな。隅々まで読んでなかった自分を恨《うら》む。

でも言われてみれば、戦いに行くのに勇者一人で行く必要はない。本当に困っているなら、ルーテルの各国総出の大軍で、この城に乗り込むという選択肢だってあるはず。

それに、黒竜王だって本気でこのルーテルを侵略する気なら、もっと強引なこともできた。何度もたった一人でやって来ては竜を暴れさせて、撃退されるようなまどろっこしいことをしなくてもいいだろう。

……というか、ルーテルもラーテルも律儀だな。

何百年も前の約束を守り続けているなんて。地球育ちの私には理解できない。

だけど——ルーテルもラーテルも、たった一人の若者に世界を背負わせている。勝っても負けても直接の犠牲《ぎせい》は少ないだろう。

とても理に適《かな》っているとしても、それって悲しすぎない？

生まれた世界の違うこの二人は、選ばれなければ戦うことはおろか、出会うことすらなかったはずだ。たった今初めて顔を合わせて、世界と命を賭《か》けて戦うのだ。なんて残酷なんだろう。

「話は終わりだ。行くぞ！」

今度邪魔をしていたのは、案内係じゃなく私だったようだ。

ついに痺《しび》れを切らした黒竜王が先に動き出した。

ブン、と音を立てて黒い剣を振り回す。

黒竜王の片刃の剣は、大きく背が反《そ》った三日月のような形で、分厚くてとても重そう。それを振り回せるのだからすごい力だ。

剣道をやっていた私から見れば、あまり実用的な剣だと感じないが、とりあえず当たれば無事じゃいられないだろう。

ハッピーも真剣な顔で間合いを取り、聖剣を構えた。

私はどうすればいい？　ハッピーに手を出すなと言われても、放っておけないし……

見守ることしか許されていない私の目の前で、始まってしまった勇者対黒竜王の対決。

黒い大剣が風を切ってハッピーに迫る。

身の軽いハッピーはひらりとかわし、今度は自分から打って出た。

振りかぶって勢いよく打ち込んだハッピーの剣は、黒竜王の黒い剣に受け止められる。刃《やいば》がぶつかり合って火花が飛ぶ。

「やるな。面白い」

「そっちこそな！」

なぜか楽しげに言いながら、二人は動き続ける。

くるくると回転しながら剣を振るう黒竜王の長い髪が、竜そのもののように宙に尾を引く。

ハッピーは身軽に黒い剣をかわしながら、銀色の残像を残し果敢に攻撃を仕掛ける。

二人の動きは勇壮な舞踏のように美しくすら見えた。

キン、カン、と時折打ち合う刃《やいば》の響きと床を蹴る足音は音楽のよう。

飛び散る火花、翻《ひるがえ》る度にキラリと光る剣の輝きは星のよう。

「すごい……」

いやいや、見惚《みと》れている場合じゃない！

ハッピーはあんなことを言ったけど、私も一緒に戦いたい。ハッピーを守らなきゃ！

しかし私の入る隙などない。下手に動けば、余計にハッピーを危険に晒《さら》すかもしれないとわかるだけに……

一旦離れ、助走をつけてハッピーが思いきり黒竜王に向かって打ち込んだ。

渾身《こんしん》の一撃はすんでのところで、三日月みたいな大きな剣に受け止められ、逆に押し戻される。

ハッピーはそのまま数メートル飛ばされた。

なんて力なの！

「うわっ！」

「ハッピー！」

背中から床に叩きつけられたハッピー。私が駆け寄ろうとすると、ハッピーはなんとか身を起こし、片手で制止して叫ぶ。

「トモエ、来るな！」

黒竜王が追撃してこなかったのは幸いだったけど、危険な状況だ。

剣技は互角だと思う。しかし、細身のハッピーは力では敵《かな》わない。

やっぱりここは私も……

私が出ようとした時、ふいに黒竜王が私の方を見て冷たく微笑んだ。

「異世界の女よ、お前も人の心配をしている暇はないのではないか？」

「え？」

黒竜王の言葉と同時に、後ろから、がぁっと声が聞こえてハッとした。

振り向くと、鋭《するど》い牙《きば》のある口が今にも私にかじりつこうとしている。飛び退《の》いてかわせたものの、私はその口の主に愕然《がくぜん》とする。

「チビ⁉」

チビはもう一度噛みつこうとする仕草を見せて、踏み止《とど》まった。チビの目に、妖《あや》しい赤い光がちらついている。

これは、黒竜王に反応した暴竜の目の光。黒竜王に操られているんだわ！

「チビ、やめて！　ダメよ」

チビは牙《きば》を剥《む》いて唸《うな》りながら私の方を睨《にら》み、威嚇《いかく》するように首を動かす。まるで違う竜みたい。

それでも、私の声が聞こえているのか、チビは前脚の爪を振りかぶっては途中でやめ、口を開けても噛みつかない。その不自然な動きは、まだ完全に精神を支配されていないことを物語っている。

「ぴ……」

チビは必死で堪《こら》えているんだわ。なんとか理性で耐えているんだ。私やハッピーを傷つけないように。

でも苦悶《くもん》するように身を捩《よじ》るチビは、見ていて痛々しい。なんて酷いことを！

「ほう、火竜ごときが竜の王たる我に逆らうか」

黒竜王はチビの抵抗が面白くないようだ。

「余所見《よそみ》するな。貴様の相手は俺一人だ！」

黒竜王に向かってハッピーが再び斬《き》りつける。これもかわされたが、切っ先は黒竜王の二の腕辺りをかすめ、かすかな傷を作った。

「おのれ！」

黒竜王はまたハッピーに向き直り、私とチビから注意が逸《そ》れる。

体勢を整えるよう、一旦部屋の端と端に離れた黒竜王とハッピー。

私のすぐ近くに引いてきたハッピーが、私に告げる。

「トモエ、今すぐチビを連れてこの部屋を離れろ。いかに今まで影響を受けなかったチビでも、竜の血には逆らえない。完全に暴竜と化す前に、黒竜王から遠ざけてやってくれ」

確かに完全に暴竜になってしまったら、もう戻せないと言っていた。

ここまで一緒に旅をしてきた可愛いチビを、私とハッピーが斬《き》れるわけがない。このままでは私達も危ないし、耐えているチビも可哀相だ。

だけど――

「でも、それじゃハッピーが一人になっちゃう！」

先代勇者ラッキー以前の勇者達は相打ちになって生き残れなかった。それは一人だったから。そう言っていたじゃない。私はこの人を守りたいのに。

「フン、俺が負けるわけがないだろ。俺を信じてないのか？」

いつもの俺様な口調で言うと、ハッピーは私を見て自信たっぷりに笑った。

その瞬間、私は吹っ切れた。

そうだ、信じなきゃ。ハッピーは勇者だもの。誰よりも神に愛されたツキの持ち主。それこそハッピーの最大の能力じゃない。

そんなハッピー越しに、黒竜王が再び動き出すのが見えた。

「ハッピー、来るよ」

「行け、トモエ。チビを頼む！」

そう言って、ハッピーも剣をふりかざして黒竜王に向かって駆けて行く。

「そうだ、これを！」

彼は黒竜王の方を向いたまま、私の方に何かを放り投げた。

からん、と音を立てて私の足元に滑ってきたのは、聖剣の鞘《さや》。

「持っていてくれ。万が一俺に何かあったらわかる」

万が一なんて、不吉なことを言わないでよ！

だけど持っていなきゃ。私は鞘《さや》を拾い上げて、胸に強く抱く。

「絶対に無事でいてね、ハッピー！」

ハッピーの背中に声をかけて、私はチビを半ば引きずるように入り口のドアを目指した。

黒竜王はハッピーと戦うのに必死で、もう私とチビの方を気にしている余裕はなかったのか、追ってこない。

耳に届くのは、カン、カンと刃がぶつかり合う音だけ。

お願いハッピー。絶対に勝って。生きて。信じてる、信じてるから！

聖剣の鞘《さや》を胸に抱いて、私は黒竜王の部屋を後にした。


最上階を後にし、最寄りの踊り場まで階段を駆け下りる。

しばらくするとチビは落ち着いてきて、いつもの目に戻った。やはり黒竜王に近づきすぎたのだろう。

さっき一生懸命耐えていた苦しそうな姿を思い出すと、胸がぎゅっとなる。

「いい子だったね。噛まずにいてくれてありがとう。チビはホントに強い子だよ」

「ぴぃぴ」

温かく長い首を片手で抱きしめると、チビは嬉しそうに可愛い声をあげた。

最上階からの音は、この距離では聞こえてこない。

結局一人にしてしまったハッピーのことが心配で、本当はすぐにでも駆け戻りたい。

でもそれではハッピーのことを信じてないみたいだ。絶対にハッピーは無事。黒竜王に勝ってくれるって信じなきゃ。

ハッピーに託された聖剣の鞘《さや》を見てみる。

神殿の神官さんが、勇者に何かあったら聖剣は神殿に勝手に戻ってくると言っていた。不思議な力のある聖剣だもの、その鞘《さや》だってなんらかの変化は見せるだろう。

今のところ、鞘《さや》にはなんの変化も見られない。だからハッピーは大丈夫。

そう自分に言い聞かせてみても、そわそわしてしまう。

私はハッピーが戦っている間、何をしていればいいのだろう。

「ただ無事を祈っているだけというのもなぁ――」

「ぴぃ……」

思わず漏らした言葉に、チビが相槌《あいづち》を打つ。

ずっとここで悶々《もんもん》としてチビと待っているのもどうかと思う。何か、ハッピーのために私ができることはないだろうか。

そこで私は気がついた。もっと根本的なところをなんとかできないだろうかと。

この巨大な城を止めないと、今の代の黒竜王を倒しても、また数十年後にはルーテルにやってくるだろう。この城がある限り自動的に、永遠に。

昔のラーテルの魔法の技術は、ここを見ただけで途方もないほど進んでいたのだと実感できる。まさに失われた古代の超文明というやつだろう。この城はその名残《なごり》。

その時、ふと思った。ラーテルの人達は、この過ぎた遺物があったから先に進めなかったんじゃないかな。異世界間を移動できるような、便利すぎるものが――

だから過去の栄華に縋《すが》る。

この空に浮かぶ城が、中途半端に動き続けるからいけないんだ。これさえなければ、ラーテルの人も他の世界を手に入れようなどと考えなかっただろう。

過酷な中でもラーテルの黒竜族は生き残ってきたんだもの。異世界への道が断たれても、新しい進化の道はあると思う。

何より、こんなものがなければ、『勇者』『黒竜王』という名の、世界という重責を背負わされる犠牲《ぎせい》を生むこともない。ルーテルにすでに根付いた竜達も、もう暴れない。

私はこれ以上の悲劇を生むことのないよう、この空に浮かぶ城を止めなきゃ。

「……よし、やる！」

「ぴぴ？」

ハッピー、私は私で、できることをやるよ。あなたが頑張っているんだから、私も。

そうと決まったら、さっそく行動だ。

動くということは、どこかにエンジンのような推進力を生みだす場所があるはず。そこを壊せないだろうか。

両手が使えるようハッピーの剣の鞘《さや》を自分のものと一緒に腰に下げ、私は気合いを入れた。

「チビ、行こう。ハッピーは絶対に負けない、死なない。信じて、黒竜王はハッピーに任せよう。私達はこの城を止めるよ！」

「ぴっぴ！」


チビと共に急ぎ足で階段を駆け下りる。しばらく下りると、案内係を発見した。

答えてくれるかは微妙だけど、彼女に聞いてみようかな。まずは遠回しに。

「案内係さん、この城ってどうやって浮かんでいるの？」

聞かれたことが嬉しかったのか、案内係は得意げに微笑んで答える。

「カツテ、ラーテルノ何百人トイウ魔導士達ガソノ魔力ヲ注《そそ》イダ魔力結晶ガ、推進力ト浮力ヲ生ミ出シテイマス。原理マデスベテ説明スルト、二百六十七万八千四百秒ヲ要シマスガヨロシイデスカ？」

……えーと、確か一日が八万六千四百秒だから……一カ月くらいか！　とんでもない。

「そこまで詳しくは結構です。じゃあ、その魔力結晶とやらはどこにあるの？」

さりげなく本題を振ると、途端に案内係の顔が強張《こわば》った。

「ソノ質問ニハ、返答デキマセン」

まあそうだよね。一番大事な部分だもの。

この城にとっては、私は乗り込んできた敵側だし。しかも私はそれを壊そうとしているのだから。

私もいろいろと溜まっているので、案内係にちょっと意地悪を言ってみる。

「へぇー、役に立たないのね。案内係なんでしょ？　案内してよ」

「ソレハ……デキマセン。他ナラ案内デキマス」

悲しそうな顔で首を横に振るので、相手が生身の人間でないとわかっていても罪悪感に襲われた。

意地悪言ってゴメン。それでも私はさらに聞いてみる。

「じゃあ、ヒントだけでも。上？　それとも下？」

「上デハナイ……ソレ以上ハ返答デキマセン」

困った顔を最後に見せて、案内係の姿がフッと消えた。

まあいいや。一応ヒントはくれたわけだし。上ではないなら下だよね。

それでは、動力部分は下の土台の円錐《えんすい》部分だろうか。

下か……また五百何十階と下りなきゃいけないなぁ。一階まではチビに飛んでもらうとして、問題はその後だ。

下に降りなきゃいけないとなると、最上階のハッピーと、ものすごく距離が開いてしまう。

だけどやると決めた以上はやり遂げなきゃ！　それが私のもう一つの戦い。

「チビ、大変だけど、私を乗せて飛んでくれる？」

「ぴっぴ！」

……チビの背中に乗って、ぴゅんっと一階まで下りる。

上《のぼ》りは何時間もかかったのに、下りるのは、チビのおかげでわずか数分だった。

なんだかなぁ。今更だけどホント、いろいろ抜けているよね、私達。

……ねぇ、ハッピー？　あなたに言わせたら最初の時からケチがついているんだもんね。

そんなことを思いながら、私達が最初に入った場所である一階に辿《たど》り着いても、そこは無人だった。あの案内係の姿はない。

先ほど上で消えた時に、他の案内係も消えてしまったのだろうか。そういえば吹き抜けを下りる間も、踊り場に一人も見なかった気がする。

さて、下の部分に下りられる道を見つけないといけない。

私は広い円形の内部をくまなく探す。階段も一階より下に行くものはなかったたし、エレベーターも下行きはないみたい。

どこかに別の入り口でも……と注意して見て回ってもそれらしきドアはおろか、怪《あや》しい切れ込みすら見当たらない。

「この塔の外かな？」

うーん、この塔の一階だけでもこれだけ広い。空に浮かぶ城全体を探すとなると、とんでもなく大きいからどれだけ時間がかかるのだろうか。

そんなことを考えていると、なんだか妙にチビが静かだ。一階の中央、足元の床をじぃっとチビが見ている。

「チビ、何か見つけた？」

「ぴぃ。ぴっぴ」

前脚で床を掻いているチビは、ここ掘れワンワンという犬みたい。

その場所を覗《のぞ》き込むと、確かに他とは様子が違っていた。

磨き上げたような銀色の床は限りなくフラットだ。

継ぎ目も何もないけれど、その部分だけが透明で、下に赤い宝石みたいなものが見える。

ボタン？　透明部分は覆《おお》いのようだ。

チビ、よくこんなに目立たないものを見つけたな。

「何かのスイッチっぽいね」

試しにコンコンと軽く叩いてみたが、覆《おお》いはかなり硬そう。

だがそこに押せそうなボタンがあれば、押してみないと気が済まないよね！

「うりゃっ！」

指先に力をこめると、ボタンを覆《おお》っていた透明の板はパリンと音を立てて割れた。

やや弱まってきているとはいえ、ダイヤ級の石を指先で砕いた私の力は伊達《だて》じゃない。

露《あら》わになった赤いボタンは、押してくれと誘っているかのようだ。

階段とは関係ないかもしれないし、押していきなりドカーンと爆発するみたいな、とんでもないことが起きたらどうしよう。心配だけど、そこは思い切りよくいかないと。

「押しちゃえ」

赤い部分を押すと、かちっ、と心地よい音がしてボタンが沈む。

——しーん。数秒経っても、何も起こらない。

「あれ？　なんのスイッチだったのかな」

私がそう言い終わるか終わらないかという時、突然、床全体がぱあっと光った。

そして複雑な図形が現れ、図形の中央——何もなかった床の一部が開く。そこには、ぽっかりと大きな穴が現れた。

おそるおそる、チビと穴を覗《のぞ》き込む。そこには下に向かう階段があった。

おおっ、ビンゴ！

「やったね、チビ！」

「ぴぴっ」

思わずチビとハイタッチ。どうでもいいが、竜もタッチに付き合ってくれるんだな。

よし、これで土台部分に入れるだろう。正直怖くて、勇気がいるけど……行こう！

階段に一歩踏み出す前に、今一度腰の聖剣の鞘《さや》を確かめる。異状はない。

黒竜王との決戦は今どうなっているのだろうか。ハッピーは大丈夫だよね。

絶対に無事でいて。私も頑張ってくるから。

階段の入り口は広く、体の大きなチビでも充分に通れる。一人では心細いので一緒に行けてホッとした。

先が暗くて見えないと思っていた階段は、数歩下りるとぱっと明るくなった。

ほうほう、センサー式の自動点滅？　相変わらず照明器具らしきものは確認できないけど、やっぱり魔法なんだろうね。

階段を下りきると、少し広めのホールのような場所に出た。

天井はそこそこ高いので、チビでも首を下げなくてもいい。

そのホールの真ん中あたりに、予想外のものがあった。

それは立体映像。丁度この城の土台部分と同じ、円錐《えんすい》形が浮かんでいる。

透《す》けた円錐《えんすい》の中は何層にも分かれ、各層の中に、色のついた印や文字らしきものと共に、複雑な線が引かれている。各層は階、線は通路だと見た。

これって……デパートとか駅にあるアレ？

「施設案内図？」

まあ、案内係がいたり、エレベーターがあったりと至れり尽くせりだったわけだから、案内図があったところで今さら驚くことはない。

むぅ。でも文字がまったく読めない。見たこともない形の文字だ。

なんとなく、赤い三角は現在地だと想像がつく。そして円錐形《えんすいけい》の中央の丸い印が、恐らく目指す最重要施設だと見た。

複雑な通路はとてもじゃないが覚えられそうにないけど、円錐形《えんすいけい》の土台部分の中心を目指せばよいということはわかった。ここから三階くらい下りればいいみたい。

そうとわかれば、さっさと行こう。

案内図のあるホールの反対側に、さらに下への階段があったので、早々に移動。

私とチビは、二階分下りてその次で行き止まった。

おそらくこの下の階あたりが目指す中央の階だ。最重要施設がある階の通路へそう簡単に辿《たど》り着けなくなっているのは、当たり前といえばそれまでなのだが――

「下への階段はどこよ？」

ワンフロア全部探すとなると、広いなんてもんじゃない。どれだけ時間がかかるか。

ハッピーのことを考えると焦る。早く合流したい、無事な顔を見たい。

でもやると決めた以上、私もこの空に浮かぶ城を止めなきゃ……

私は深呼吸して考える。

これを造ったのは、大昔の――しかも異世界のまったく違った人種とはいえ、二足歩行の人だ。

点検などもしたことだろう。

その時の移動を考えても、まさか端っこまで行かないと下りられない構造にはしていないはず。

一階の隠し階段だって、中央にあったくらいだ。

ここも、よく探せば上の階から下りてきた場所の近くに、次の階段があるはず。

「チビ、この部屋の床か壁にさっきみたいなスイッチがないか探して」

「ぴっぴ！」

そして数分後。やっぱり覆《おお》いのあるボタンが、上の階からの階段横手の壁で見つかった。チビはとても目がいいんだね。本当に探し物が上手だ。

今度はためらいなく覆《おお》いを割り、速攻ボタンを押す。

すると、何もないように見えたところに、またも通路が開いた。

「よし、ここもビンゴだね」

きっと最後になるであろう階段が現れる。思った以上に階段は長く、先が暗くて見えない。

正直緊張する。怖い。こんなに巨大なものを動かす動力源ってどんなものなのだろう。

私に壊せるのかな？　そう思うと足が竦《すく》む。

でも行かないと。

腰の聖剣の鞘《さや》を撫《な》でてみる。ハッピーも一緒。ツイてる勇者様と一緒だから私は大丈夫。

そう思うとほんの少し勇気が出た。

今までを振り返っても、私はハッピーと同じくらいツイてるじゃない。なんといっても、先代勇者ラッキーの孫かもしれないのだもの。

だからこの後だって、絶対に上手くいく！　そう自分に言い聞かせ、気持ちを奮《ふる》い立たせて、私は下への階段に踏み出した。

一歩一歩階段を下りるにつれ、他とは違う雰囲気が伝わってくる。

私とチビは暗い階段を駆け抜け、一つの扉に辿《たど》り着いた。重そうな金属の扉だ。

他の階の階段には扉なんかなかった。やっぱり大事なところだってことだよね。

さすがに今度の扉は自動で開いたりはしない。鍵がかかってるかな？

まあいい。こじ開けてやる！　弱まっているものの、まだまだ常人の比ではない怪力はこういう時のためにあるのよ、多分。

「ぐぎぎぃー！」

両開きの扉に手のひらを押し当て、思い切り力をこめると、メリメリという音と共にわずかに扉が動いた。スライドじゃなく観音開きだ。うーん、私でも相当重く感じる。

ガチャンと鍵が壊れる音が響き、その後はチビも一緒に押してくれてすんなりと開けられた。

そして飛び込んだ扉の中は――

「うわぁ……」

「ぴぃ……」

思わずチビと固まってしまった。

何よ、ここ？

そう広くはない部屋にたった一歩入っただけで、無機質な他の階とまったく違うとわかった。

静まり返ってなんの音もしなかった上に比べ、遠いながらも様々な音が聞こえる。

なんの音かはわからないけれど、ブーンとかシューッとか、ノイズのような湯気のような音。

しゃらしゃらと聞こえるのは水が流れる音にも似ている。

空気も違う。今まで乾いていて快適な温度だったのが、少し湿っぽくて冷たい感じ。

暗くはない。ここもどこからともなく白い光が照らし、視界は悪くない。

でも、目に入るすべて、壁と言わず天井と言わず、なんのためかもわからないケーブルや配管が無数に這《は》っていて、たくさんの図形が描かれている。

随分と雑多な感じだ。壁の色も他のような銀色の金属っぽいものとは違い、艶《つや》のないやや黒っぽい壁。それも相まって、何か生々しい。

まるで自分達が小さくなって、機械の回路の中に入っちゃったみたいな気分。いや、生き物の体の中で血管や筋肉の組織でも見ているような……？　配線や配管が見える分、今までで一番異質なのに、なぜか、ここは生きていると思った。

巨大な城を動かす心臓と言ってもいい階だもの。ここは確かにそんな動き続ける体内を思わせる。

とはいえ、まだ入ったばかり。本当の心臓部へ行かなきゃ。

この入り口の部屋には、先へと繋がる通路がぱっと数えただけでも四カ所ある。さて、どこだろう。

「チビはどっちに行けばいいと思う？」

「ぴ、ぴぴぃ……」

何気なく聞くと、突然振られても困るとでも言いたげな目で、チビは首を傾《かし》げる。

とりあえずまっすぐに進んでみることにした。ここは勘で行くしかない。……もっと真剣に案内図を覚えておくんだった。

線やら配管がいっぱいの分少し狭く感じる通路を、進み続けることしばし。

途中何度も分かれ道があった。その都度、勘だけで道を選んでいく。

それにしてもなんて複雑な通路だ。もうほとんど迷路？　さっきから同じところをグルグルしている気がしなくもない。

時間は着々と過ぎている。ハッピーのことも気になるし、気が焦って仕方がない。

「あー、もう面倒臭いっ！」

八つ当たりで横の壁を思い切り蹴ると、ボコッと音を立てて壁に大穴が空《あ》いた。

うわ、やっちゃった！

横で、チビがびくっと首を竦《すく》める。

「ぴ……！」

「チビ、あんたまでビビらなくてもいいでしょ」

正直私もびっくりしたけどね。

よし、まだ私には結構力が残っているみたい。

そうだ、この調子で――

「暴れるわよ、チビ。こうなったら壊して壊して、壊しまくっちゃおう！」

「ぴぃ！」

もう通路なんて知ったことじゃない。

道がなければ切り開けばいい。

私が蹴り、殴り、剣を振り回す。チビが火を吐き、尻尾を振り回す。

一人と一匹で、やりたい放題だ。壁を壊し、図形を消し去り、壁や天井に這《は》っている無数の線や管を、これでもかと寸断して回る。

「それっ！　それっ！」

暴れ回っているうちに、なんだか楽しくなってきた。

チビも嬉々として、思う存分暴れている。

途中、剣で寸断した配管から、ぶしゅーっとガスみたいなものが噴き出した。もしも毒だったら困るので、チビと慌てて逃げる。

その後は気をつけながら、私達はありとあらゆるものを壊しまくった。

そうして、暴れすぎて少し息が切れてきた頃。

壁の一際大きな魔法陣っぽい図形を、私が壁もろとも剣で一刀両断にした直後、白かった灯《あか》りは赤く変わる。耳障《みみざわ》りなふおぉーんともうぃーんともつかない、聞いたこともない不気味な音が響き渡った。

もしかしてこれ、警報アラームかな？

用途は何もわからないけれど、設備としてある以上は不要な図形も配管もない。この城はもう結構危険な状態になっているのかも。

中心部にはまだ辿《たど》り着いていない。だが順調に壊せているみたいだ。

よし、このまま進んで魔力結晶とやらも破壊しちゃおう……

さらに進む私達の目の前に、立ちはだかる者がいた。

「止マッテクダサイ」

あ、案内係さんだ。しかも一人ではなく、何人もいて、みんな怖い顔だ。

怒ってるよね、そりゃ。

案内係達は手を広げ、私達の行く手を遮《さえぎ》る。

いくら通せんぼしても、実体はないのだから無意味だと思う。でも、やっぱり人の形をしていて喋《しゃべ》るものを突き抜けるのには勇気が必要だ。

案内係は強い口調で私に警告する。

「コレ以上先ニ進ムコトヲ禁止シマス」

「ってことは、そっちが一番大事な部分なんだね。この先が魔力結晶のあるところなんだ？」

私はにやりと笑った。

案内係はやや怯《ひる》んだような表情を見せたものの、さらに警告する。

「魔力結晶ヲ破壊スルト、コノ城ハ完全ニ停止シ崩壊シマス。危険デス」

「わかってるよ。私はここを止めようとしてるんだから」

迷わずそう返すと、案内係は揃って目を見開き、次に悲しそうな顔になった。

そして、ひそひそと何か話し合いはじめる。みんな同じ顔なだけに、なんだかおかしな眺めだ。

数秒後、一人が今にも泣きそうな顔で出てきて、切々と訴《うった》えはじめた。

「アナタノ時間ニ換算シテ、魔力結晶ハ五千六百年以上コノ城ヲ動カシテ来マシタ。ルーテルノ調査ガ目的ダッタ本来ノ用途トハ違イマスガ、マダ、コノ城ヲ必要トスル主《あるじ》ガイマス。魔力ハ失ッテモ、コノ城ヲ造ッタ主《あるじ》ノ末裔《まつえい》……壊サナイデクダサイ」

おお、警告しても無駄だと踏んで、泣き落としに作戦を変えたのか。

胸の前で手を合わせる、案内係のお願いポーズに、心が少し揺れる。

でも私は折れるわけにはいかないのよ。

今度は私が訴《うった》える番だ。

「あなただって本来の用途じゃないってわかっているんじゃない。もうやめようよ。これが動くから、ルーテルとラーテルどっちの世界の人も苦しむのよ？　黒竜王のせいで竜が暴れてルーテルの人は困っている。ラーテルの人も、他の世界に儚《はかな》い望みを賭《か》けるより、自分の世界で新しく進歩していく道を見つける方がいい。こんなに優れたものがあるからラーテルの人は前に進めないんだよ」

まったくの予想外という顔を見せる案内係達。私の言わんとすることは伝わっただろうか。

「主《あるじ》達ノ進歩ヲ、コノ城ガ妨《さまた》ゲテイル？」

「そう。今を生きる者は前だけを見ていかなきゃ。この城は過去そのもの。後ろを向いていちゃ、進歩はない。ラーテルの人達も前に進むべきだわ。この城を造った主《あるじ》の末裔《まつえい》の先を思うならわかるよね？」

駄目押しで言った私の言葉に、各々《おのおの》の考えを確かめ合うように顔を見合わせる案内係達。

同じ顔で同じ姿、同じ声。一つの魔法のプログラムから複製されている立体映像だと思っていたのに、その各々《おのおの》の仕草は妙にリアルだ。

たとえ命のない立体映像でも、長い年月この城を守り続けてきた中で、彼女達にはそれぞれ心や人格が生まれたのかもしれない。

手を振ってくれた人もいた。計算かよ！　と、ツッコミたくなるボケをかましてくれた人もいた。笑ったり、悲しそうな顔をしたり……

私は多くを救うために、そんな彼女達にとても残酷なことをしようとしているのだ。

この城が止まる時、彼女達も消えるのだろう――

「わかったら行かせて。造った人達はもういないのに、何千年も働き続けてあなた達ももう疲れたでしょ。そろそろ休もう？　長い間、本当にお疲れ様だったよね」

綺麗事を言ったわけじゃなく、勝手に言葉に出ていた。

「……実体ノナイ私達ニ、労《いたわ》リノ言葉ヲカケテクレタノハ、アナタガ初メテ……」

先頭の一人がぽつりとそう漏らし、手を広げるのをやめた。

他の案内係達も無言で道を空《あ》ける。その表情は穏やかだ。

気の遠くなるような長い年月の中、誰も彼女達を労《いたわ》ってくれなかったのか。造った人達が遥か昔にいなくなっても、ずっとここを守り続けてきたのに――そう思うと切ない。

ゴメンね。そして通してくれてありがとう。

無言で立ち尽くす案内係達を振り返らず、私は前へ進んだ。

危険を告げる赤い光と警告のアラームの鳴り響く通路を、ハッピーの聖剣の鞘《さや》を撫《な》でながら走ること数十メートル。

私はついに、黒竜王の空に浮かぶ城……ラーテルの超古代魔法技術の心臓部に辿《たど》り着いた。


そこは不思議な空間だった。

ここにはもう耳障《みみざわ》りな警報も聞こえない。心をざわつかせる赤い照明もない。

温かな色の静かな空間の中央に、不思議なものが一つあるだけ。

「これが……魔力結晶？」

床に光り輝く円形の図形。その中央に、透明のカプセル状の球体がある。球体の中に、それが浮かんでいた。

私よりは大きいけれど、この城を動かしているものだとすると小さい。

虹色に輝く球を、不規則に重なったいくつもの細い銀色の環《わ》が包んでいる感じ？　形は科学館で見たジャイロスコープにちょっと似ているかな。あるいは原子モデルだろうか。

銀色の環《わ》は緩やかに回り、虹色の球は鼓動のような点滅を繰り返している。

確かに動いているのがわかる――まるで、生きているかのように。

半年かかるという説明を聞かなかったので、仕組みはさっぱりわからない。でも、これだけで巨大な建造物を空に浮かべて動かし、異世界間を移動させているのだと思うとビックリどころじゃなく、畏怖《いふ》さえ抱く。

しかもこれを何千年も前に造ったって――恐ろしい。

点滅を繰り返す球の、揺らめくような虹色の光。この光は何かに似ている。

あぁ、あれだ……神殿の『扉』の虹色の光の幕。あるいは黒竜王の塔の中で過去の記憶を見た時の光。世界の境《さかい》を越えるものの色なのだろうか。

何によって形が保たれているのか、石なのか光の塊《かたまり》なのかもわからない不思議なもの。

これを壊せば、この城は停止し、崩壊する。

もう二度とこのルーテルに黒竜王が現れることはない。世界という重荷を背負う者も必要なくなる。

でも、これ壊せるのかな。そして壊しちゃって大丈夫なのかな。危険な光線が出るとか、爆発したりしない？

……心配しだしたらキリがない。

きっとなるようになる。上手くいく。

そう信じて、私は剣を構えた。

先代勇者である祖父にもらった、女戦士で女神だった祖母が使っていた剣。今代の勇者ハッピーの聖剣の鞘《さや》も一緒。チビもいる。

「いくよ！」

私は思い切って、魔力結晶を覆《おお》う透明のカプセルに向かって剣を振り下ろした。

ビシッ、とも、メキッ、ともつかない微妙な音がして、剣は命中した。でもヒビが走るでもなく、覆《おお》いは無傷。

一方、私の手はじーんと痺《しび》れている。

「あれ？　硬い」

ま、まあ、一番大事な部分の覆《おお》いだもの。丈夫で当たり前だよね。

「もう一度！」

今度はありったけの力をこめて、さっきと同じ部分を狙う。

でも結果は同じ。……これ、壊すのは無理なんじゃない？

「ぴっぴぴ！　ぴっぴぴ！」

チビは胸の前で拳《こぶし》を握るような格好で声をあげている。応援してくれているのかな？　よし、頑張る。一度や二度で駄目でも、何度も打ち込めばきっと割れる！

その後何度も斬《き》りつけてみたものの、魔力結晶の覆《おお》いは砕けない。

「きぃぃっ！　なんなのよ、もう！」

私はヤケになって、つま先で蹴りを入れた。そうしたら――

パリーンと音がして、透明の覆《おお》いはバラバラと砕け落ちた。

「ぴ！」

チビは私にビビっている。……自分でもビックリだけどさ。

「えっとぉ……」

これはアレだ。何度も打ち込んだことにより、見えていなかっただけでヒビが入っていたんだよ、きっと。あと一撃ってところだったんだね、うん。そういうことにしておこう。

覆《おお》いが砕け散っても、銀色の環《わ》に囲まれた虹色の球は浮いたままだ。

——これが魔力結晶本体。

別に熱くもなく、何か危険な物質を放出している感じはしない。でもさすがにこれを素手で殴ったり蹴ったりする勇気はない。

そーっと剣の先で虹色の球を突《つつ》いてみる。

まったく手ごたえがない。固形のものじゃないのかな。だったら斬《き》れないんじゃない？

そう思いながらも、さらに剣を押し込んでみた。刃先は虹色の球に吸い込まれるように消える。

ざっくり刺さっているはずなのに、やっぱり駄目か。

そう思った時、剣が外を回っている銀色の環《わ》に触れた。

うぃぃぃん。そんな遠い音が聞こえた気がする。ただそれだけ。

しかし回り続けていた銀色の環《わ》がぴたりと止まり、球は急激に輝きを失っていく。床の光る図形も消えた。

「え？　止まった」

コトリ、と音を立てて、魔力結晶は床に落ちる。

爆発したり、飛び散ったりはしなかった。

「……あっけないというか、地味？」

それが正直な感想。もっとこう、派手にぱーっと何かが起きると思っていたのに。何も起こらない。

拍子抜けして、呆然としてしまった私とチビ。

だが、数秒後。明るかった部屋の照明が暗くなり、がくんと足元は大きく揺れた。それから、天井からぱらぱらぱら音を立てて何か降ってくる。

あまり体感はないが、空に浮かぶ城が止まったというのはわかった。

次にごごご、と地響きのような音を響かせ、小刻みな振動が始まる。

あ、なんか……ヤバイかも。

「チビ、逃げるよ！　ハッピーを迎えに行かなきゃ！」

「ぴぃ！」

魔力結晶の部屋を飛び出し、足元だけが辛《かろ》うじて見えるくらいの灯《あか》りだけの暗い通路を、私とチビは急いで逃げる。もう、通路に案内係の姿はなかった。

次第に揺れは激しくなってきて、空に浮かぶ城の崩壊が始まったことがわかる。

早くここを抜け出して、ハッピーと合流しなきゃ。鞘《さや》にはまだ変化は感じられない。ハッピーは無事なはずだもの。

幸いかどうかは不明だが、来る時に派手に壁をぶち抜いたからか、新たに崩れてきたこともあって階段への通路が一直線に開《ひら》けていた。

ただし壊しまくっていた分、天井が崩れるのが早い。下敷きにならないように、チビと大急ぎで魔力結晶の階を駆け抜けた。

息が切れるのも構わず階段を駆け上がり、一階に辿《たど》り着いた頃には膝はガクガク震え、心臓がバクバクいっていた。

螺旋《らせん》の塔の吹き抜けからも、銀色の壁の欠片《かけら》や建物のパーツがポロポロと降ってくる。

何千年もの時を経たこの建造物は、魔力結晶の不思議な力でなんとかもっていただけで、実はかなり脆《もろ》くなっていたのかもしれない。

ハッピーはまだ塔の上にいるのだろうか。早く迎えに行かなきゃ！

疲れているだろうけれど、また飛んでとチビにお願いしていた時、突然、声が聞こえた。

「お前ら、派手にやったなぁ」

呆れたように周囲を見渡しつつ、上への階段のある奥から走ってきたのは――

「ハッピー！」

迎えに行くまでもなく、ハッピーの方から来てくれた。

その姿を確かめて私は泣きそうになる。彼はぱっと見、大きな怪我もなく元気そうだ。

よかった。本当によかった！　今すぐ抱きしめたい衝動に駆られたけれど、再会を喜んでいる暇はない。せっかく黒竜王に勝っても、頭上から降ってくるものに当たって勇者様が死んでは、洒落《しゃれ》にならない。

「とにかくここを出ないと！」

私はハッピー、チビと共に大慌てで中央の塔から走り出た。


塔から広い外に出ると、揺れはあるものの、ものが落ちてこないだけ穏やかだ。

必死だったので忘れていた疲れと、安堵感《あんどかん》で体の力が抜ける。

ホッとすると、ハッピーにまた会えた喜びがひしひしと蘇《よみがえ》ってきた。同時に不安も。

「トモエ、すごいじゃないか。城を壊すなんて」

澄《す》まし顔に毒言《どくげん》じゃなく、ご機嫌な笑顔で私を褒めるハッピー。いつにない様子だから、この若草色の髪のイケメンさんは本当にハッピーなんだろうかと思ってしまう。

案内係みたいに立体映像じゃないよね？

「ハッピー、本物だよね？　生きているんだよね？」

「当たり前だ。もう俺の顔を忘れるほど、お前の頭は残念なのか？」

うん……この言い方はハッピーに間違いないな。

感極まって、私はハッピーに抱きついた。

かすかに血のにおいがする気がするけど、温かい、鼓動を感じる。生きているんだ。

そう思うと涙が出てきた。

「ハッピーが生きていてよかった……」

「俺が負けるわけないと言っただろう」

抱きしめ返してくれる腕の感触に、胸がきゅっとなった。涙が止まらない。悲しいんじゃなく、嬉しくて。

「泣くなよ」

「だって……」

ぎゅっと少しだけ力をこめて抱きしめると、ハッピーがいつもの口調で言う。

「せっかく生き残ったんだから、ここで絞め殺すなよ？」

「もう！　人が本気で心配していたのに」

相変わらずだなこの男はっ！　感動の涙は瞬時に引っ込んだ。

ああ、でもこの憎《にく》たらしい一言も心地いいよ。

しばらく抱きしめ合った後、ハッピーが静かに言った。

「黒竜王はとんでもなく強かった。そして最後は潔《いさぎよ》く負けを認めた」

「黒竜王は死んだの？」

「わからない。トドメを刺せと言っていたが、負けを認めた相手にそれはできなかった」

「そう……」

そんなハッピーが、私は好きだ。

「そういえば、黒竜王に勝った後、ハッピーはどうやって最上階から下りてきたの？」

「昇降機とやらに乗った。下も見えないから快適だったし、速かったぞ。なぜ行きもあれを使わなかったんだ？」

しれっと答えたハッピー。さっきあれだけ説明したのに、デメリットのことは頭にないらしい。ハッピー、敵地でエレベーターに乗れるなんて怖いもの知らずというか、マジで勇者だな。いや、本物の勇者だけどさ。

「……途中で止まらなくてよかったね」

ハッピーがエレベーターの中にいるときに魔力結晶を破壊していたら、閉じ込められていたかもしれない。そう思うとぞっとする。やっぱりツイてるね。

ハッピーとの再会を喜び、ほんの少し疲れが収まった時。

足元の揺れが激しくなり、ガラガラと音を立てて、螺旋《らせん》状に立ち並んでいた細い塔が順に崩れはじめた。

「あまり悠長《ゆうちょう》にしていられないな」

「そうね。この城はもうすぐバラバラになって落ちるわ。早く逃げないと」

そう思った矢先、思わぬ出来事が起きた。

チビが長い首をくたっと投げ出して倒れてしまったのだ。

「ぴっ……」

「チビ！」

見ると赤い鱗《うろこ》の体はあちこち小さな傷だらけだ。それにすごく疲れているみたい。

人を二人も乗せてかなりの距離を飛んだし、大きな体で私と一緒に地下の狭いところで暴れ回った。ここまでもっていたのが不思議なくらいだったのだ。ゴメンね、早く気がついてあげられなくて。

しゅんしゅんとチビの体が縮《ちぢ》み、元の小さな子竜の姿に戻っていく。

小さい方が体力の消費が少ないから楽なのかもしれない。ほんの少しだが持ち直したみたいで、チビはなんとか立ち上がったけど……

「頑張ったね、チビ。疲れたんだね。少し休めば元気になるよ」

「ぴぃ」

チビを胸元に入れてやる。かなり弱っているけど、大丈夫だよね。

でもどうしよう。頼みの綱のチビがこれじゃ、私達はどうやって地上に戻ればいいのだろう。

そうこうしている間も、空に浮かぶ城の崩壊は続く。

とにかく塔の下敷きにならないように、私達は端の方を目指して逃げる。

しかし、少し走ったところで、今度は突然ハッピーががくりと膝をついた。

「くっ……」

「ハッピー？」

駆け寄ると、脇腹を押さえて俯《うつむ》いた彼の顔は、青ざめて脂汗《あぶらあせ》が浮いている。

「ちょっと見せて」

一見怪我もなく元気そうにしていたのに、やっぱり無傷ではなかったみたいだ。

鎧《よろい》で隠れていて気がつかなかったけど、背中に近い脇に布が当ててある。さっき感じた血の臭いはこれだったのか。

重く濡れた布を捲《めく》り、現れた傷を見て、私は一瞬気が遠くなった。

丁度鎧《よろい》の継ぎ目に黒竜王の剣の切っ先が刺さったのだろうか。かなり深い傷だ。

痛くないわけないのに、今まで平然として見せていたの？　さっき抱きついちゃったよ？

「酷い怪我じゃない！　馬鹿、なんで黙《だま》っていたのよ」

「このくらい、かすり傷だ」

またそんな強がりを言って！　そこまでして我慢しなくていいのに！

そう言いたいところを、ツッコミはぐぐっと堪《こら》えた。開《ひら》いてしまったこの傷をなんとかしなきゃ。

暴れ回っているうちに私のドレスの腿《もも》のあたりに穴が空《あ》いていたので、その布をぴーっと裂く。

超ミニスカートになっちゃったけど、かまっていられない。一応下にジャージを切ったショートパンツを穿《は》いているので、下着は見えないし。

いい感じの幅だ。

だがハッピーは狼狽《うろた》えている。

「ト、トモエ……っ！　お、女が人前でなんてことをっ！」

「今恥ずかしがっている場合じゃないから」

軽く流して、傷を布でぎゅっと縛った。気休め程度でも、これ以上傷が開《ひら》くのは防げるんじゃないかな。

「今はこんな間に合わせの手当てしかできないけど」

「すまない……」

足を止めている私達の背後で、また一つ塔が崩れた。

ハッピーは立ち上がりかけて、力が入らなかったのかまた膝をついた。そして私に言う。

「お前達だけでも先に逃げろ。俺もすぐに行くから」

それを聞いて、私は目の前が真っ白になった。

なにカッコつけたこと言ってるの、この勇者様は！

「馬鹿っ！　ハッピーを置いていけるわけないでしょ！　本当に馬鹿なんじゃないの！」

「そんなに馬鹿馬鹿言うなよ……」

ゴメン。でもホントに馬鹿だよ。そんなことできるわけないじゃない！

なぜだろうか、腹が立ってきた。私に気を遣っているつもりなんだろうけど、いつも空回《からまわ》りするんだよね、この人は。

よし。実力行使だ。

「死んだって置いていってなんかやらないんだからね」

私は問答無用でハッピーを抱き上げた。もちろん、お姫様抱っこで。

「ちょっ……！　おい！」

ハッピーは大慌てで抵抗する。

「暴れないでよ。チビを挟んじゃうし、傷が開《ひら》くよ？」

「これ、逆っ！　男が女に抱えられてどうする！」

「いいじゃない、怪我人がそんなこと気にしなくたって」

「気にするっ！」

男のプライドってやつ？　前にこれで喧嘩したんだったっけ、そういえば。

俺は男としてお前を守ってやりたいのに、お前の方が強くて情けないって言っていた。

でも今は本当に、そんなことを言っている場合じゃない。

というわけで、トラウマになっているだろう必殺の一言で大人しくなってもらおう。

「このまま向こうまで投げるよ？」

「……それだけはもう勘弁してくれ」

やっと抵抗をやめたハッピー。

私はハッピーを抱いたまま走りはじめ、空に浮かぶ城の端を目指す。次第に中央の塔の周りの低い塔は崩れ落ちて、随分と殺風景になってきた。

私の腕の中で、まだ納得がいかないような顔をしているハッピーに言う。

「ねえハッピー。男が女を守らなきゃいけないなんて、誰が決めたの？　逆だってあっていいと思うの。今は最後まで守らせてよ」

黒竜王との戦いには参加させてもらえなかったのだから、せめて今だけは……

驚いたように私を見上げるハッピーに、さらに告げる。

「黙《だま》っていたけど、多分この怪力はもうすぐなくなっちゃう。この世界に体が慣れてしまったから。前みたいに跳ねたり大岩を持ち上げたりできないと思う。だけど、まだこうしてハッピーを持ち上げることはできる。これで最後だから、今だけは我慢して。無事一緒に生き残れたら、その時はハッピーが力のなくなった私を守ってね。男らしく」

「トモエ……」

ハッピーはもう何も言わなかった。ただ、目を細めて頷《うなず》いてくれる。

掴まるように首に手を回してくれたその感触に、愛しさがこみあげてくる。私がこの人を守る。最後の時まで。

その直後、一際強い揺れを感じた。

「ああっ!」

ついに黒竜王のいた中央の一番大きな塔が崩れはじめたのだ。

そして私は見た。

崩れ落ちてゆく塔から、虹色に輝く光に包まれた人影が、空に浮かんだところを。

あれは、黒竜王――

黒竜王を包む光は、よく見ると透《す》き通った人が数人集まっているのだとわかった。眠る黒竜王に身を寄せ合って、守っているように見える。

あれはきっと彼女達だ……消えてなかったんだね、案内係達。

違う世界の故郷まで帰れるのかはわからないけど、どこかで生きていてくれたらいいな。黒竜王も、もう世界を背負わなくていいんだもの。

空に消えてゆく光を見送り、私は全力で走った。

前は簡単にハッピーを頭の上まで持ち上げて、投げることもできた。でも疲れ切っている上に、力が徐々に失われている今の私には、正直重い。気を抜くと落としてしまいそう。それでも絶対に離すものかと私は耐える。

いつの間にか私の中で、どれだけこの人が大事になっていたか。この重みはそれを実感できるから、重い方がいいのかもしれない。


そして私達はついに空に浮かぶ城の端まで来た。

来たのはいいけど……ねぇ。さあ、どうやってここから逃げようかな。

下を覗《のぞ》いてみて、高所恐怖症じゃない私でも気が遠くなった。

高いなんてもんじゃない！　山よりも雲よりも上にいるんだよ！

それでも、空に浮かぶ城の崩壊は待ってくれない。何千年もの時を経た巨大な魔法の城は、魔力結晶の力を失った今、完全に制御も何もなくなっている。

ゆっくりと傾きながら落ちていく角度からして、山脈の方に落ちると思う。このままこの城と一緒に落ちたら、万に一つも助かる道はないだろう。

見下ろすとほとんど雲しか見えない。それでもわずかな切れ間から広い水面が見えた。

ひょっとして今は、湖か海の上空にいるの？　だったら……

一か八かだ。時間がない。

「ハッピー、覚悟はいい？」

抱っこしたままハッピーに声をかけて、私はさらに端へ踏み出す。

ごおおっと風が吹き上げて来て、よろけそうになった。

その瞬間、ハッピーは私が何をしようとしているのかわかったみたい。

「トモエ、ちょい待て。ひょっとして飛び降りる気か？」

「うん。だってそれしか方法がないじゃない。チビはもう飛べないし、早くしないとここと道連れになっちゃう」

「空の上だぞ？　飛び降りたらぺしゃんこになる」

「今、下には水があるみたいなんだよね。上手くいけば大丈夫……かも？　ハッピーには神様のご加護があるし」

「かも？　ってお前……」

ええい！　一刻を争うのだ。うだうだ言っている場合じゃないっ！

「行くわよ！」

私はハッピーを抱えたまま、渾身《こんしん》の力をこめて足を踏み出した。

「わーっ！」

ハッピーの叫び声と共に、私達は宙に舞う。

いざ、高度数千メートルの空へ——

あれ？　思ったより落下がゆっくりだ。身を切る風は強いけど、もっと早く落ちて行ってもいいはず。鳥の羽根にでもなったようにふわふわした感じさえする。

そうか、ここはルーテル。地球より重力が弱いんだった。

それでも確実に落ちているし、そう長い時間を置かずに私達は確実に地上に到達する。

「ハッピー、怪我が痛いかもしれないけど、私と両手を繫いで。足を投げ出す感じでね。下は見ちゃダメよ」

「あ、ああ」

二人で両手を繫いで、体を投げ出す。スカイダイビングやモモンガみたいに。

それにより、ほんの少し落下速度が落ちた気がした。

下を見られないハッピーは、私をまっすぐに見ている。

目が合うと、ハッピーがにっこり笑った。いつもツンツン澄《す》ましているが、笑うと愛嬌《あいきょう》があってとても可愛い。髪が風に吹き上げられてオデコまで見えていることもあるのかな。

風の音で掻き消されそうな中、ハッピーが笑顔で言う。

「俺は幸福の勇者だろ？　俺の一番の幸せはお前に出会えたことだ、トモエ」

「ハッピー……」

嬉しい。一番嬉しい言葉だよ、ハッピー。

「私もあなたに会えてよかった！」

ハッピーに会えたことが私にとっては一番のラッキー。

……とかなんとか、ロマンチックに浸《ひた》っている時間などあるはずもない。

私達、今すごく高いところから落下中なんだから！　耳元で風がゴーゴー鳴っているんですけど！

風の勢いが強まりバランスを崩して、思わずハッピーと抱き合ってしまった。

そんな私達を追い越すように、黒竜王の空に浮かぶ城が山の方に落ちていく。もう原型も留めないほどバラバラになっている。

私達はこのまま行けば、湖か池の中に落ちそう。水面はもう間近だ。

いくら下が水で、地球ほどの重力がなくても、落下高度が高かったから助からないかも。

それに重大なことを思い出した。

私、泳げないんだった……！　ハッピーはどうなんだろう。泳げるのかな。もしも泳げるとしても、怪我人だし。落下の衝撃より、溺《おぼ》れ死ぬ確率の方が高くない？

でもまあ、もういいかなとも思えてきた。恐怖も何も感じない。

一人じゃないから。大事な人と一緒だから。

「まあいいか。たとえ死んでもハッピーと一緒だったら」

「俺もお前と一緒だからいい」

そう抱きしめ合って、覚悟を決めた私達。すると、私達の間からチビがもぞもぞと顔を出した。

「ぴっぴ、ぴぃ！」

自分もいるんだけど？　って言っているみたい。

「ああ、チビも一緒だよね」

そして私達、二人と一匹は身を寄せ合って目を閉じた。

ざばーん！

そんな音と同時に、体がバラバラになりそうなほどの衝撃を感じたことまでは覚えている。

それでも私はハッピーとチビを離さなかったってことも。

その後のことは――知らない。


――久しぶりに、ものすごくぐっすり寝た気分。

「……モエ……トモエ」

誰かが私の名前を呼んでいる。もう朝？　会社に行かなきゃ。

「ん……」

私は目を開けるが、眩《まぶ》しくてもう一度目を閉じた。

徐々に頭がはっきりしてきて、自分が置かれている状況を理解する。

ああ、そうだ。私、日本じゃなくて異世界に来ているんだった。

「トモエ？」

もう一度私を呼ぶ声。その声は……

「よかった、やっと目を覚ました」

再び目を開けると、大好きな人が目の前にいた。

新緑を思わせる綺麗な色の髪、整った少しツンとした印象を受ける顔つき。彼は、笑うととても可愛くて――

「ハッピー、無事だったんだね」

「当たり前だ。お前があんまり寝坊だから、もう目を覚まさないかと思ったぞ」

ああ、この棘《とげ》のある言い方にじんわりくる。

そしてハッピーのイケてる顔の横に、ちょこんと顔を出したのは……

「ぴぃ！」

「チビも元気そうだね。よかった……」

私達はものすごい上空から落下したにもかかわらず、生きていた。

私達が落ちたのは、最初に通った大きな湖。リンさんのお父さんが村長をやっている村や、対岸には先代勇者が隠居する森がある、あの湖だ。

崩壊しながら落ちてゆく空に浮かぶ城を見ていたリンさんや神官さん達が、落ちてくる私達に気がついたらしい。そして舟を出して溺《おぼ》れる前に救い出してくれたのだ。

まったく、どこまでラッキーでハッピーなんだろうか、私達って。

救い出された後、先に目が覚めたハッピーは、傷の手当てもしてもらって元気になったらしい。

一方で、怪我もなかったはずの私だけが、なぜかその後何日も眠り続けていたのだそうだ。

そして、目を覚ました時、私はもう人並外れた怪力はすべて失い、ごく普通の人間になっていた。

怪力じゃなくなってしまったことを、リンさんや神官さん達はがっかりしていたけど、私は幸せ。

「これからは俺がお前をすべてのことから守る。ずっと」

ハッピーがそう言ってくれたから。

今度は勇者様に守ってもらう側になるのは嬉しい。やっぱり女としては、頼もしい男の人に守ってもらえる可愛い女になりたいものね。

こうして、私の冒険の旅は終わった――


黒竜王を倒し、もうルーテルが暴竜に悩まされることもない。

ハッピーは生きて帰ってきた勇者になれた。おそらくルーテル最後の勇者だ。

空に浮かぶ城を壊した今、もう二度とラーテルから黒竜王が来ることはないのだから。

無事に役目を終え、ハッピーは約束通り神殿に聖剣を返した。

私が眠っていたことと、ハッピーの傷が癒《い》えるのを待っていたことにより、生還から一週間ほど経ってしまったけれど、私にはもう一つの約束が残っている。

それは、先代勇者ラッキーこと、私の本当の祖父かもしれないラキトスさんに会いに行くこと。

そういえば眠っている間、私は祖母の家の縁側で、死んだはずの祖母と話をしている夢を見た。

私は祖母に、たくさん話をした。

私が蔵の衣装箱から『扉』を潜《くぐ》ってルーテルに行ったこと。ハッピーと出会ったこと。一緒に旅をして、空に浮かぶ黒竜王の城に行ったこと。ルーテルのこと。先代勇者ラッキーが今どうしているのか。

いろいろ報告して聞かせると、祖母は穏やかな笑顔で頷《うなず》いていた。

たとえ夢であっても、大好きだった家で祖母と過ごせて、とても幸せな一時《ひととき》だった。

そして夢の中で、祖母は私に伝言を託した。ラッキーに会ったら伝えてほしい――『あなたに会えて私は幸運だった』と。

昼であっても薄暗い深い森の中のツリーハウス。そこでその人は待っていてくれた。

「ラキトスさん――おじいちゃん！」

駆け寄ると、私の前髪と同じ色の髪のラキトスさんが笑みを浮かべた。

「おかえり、トモエ。勇者殿」

「ぴぃ！」

「おお、チビ助もな」

そして前に会った時と同じようにハグしてくれた。

大きいと思っていたラキトスさんが、細く痩《や》せたお年寄りの体だということに気がついて胸が痛む。彼の細い肩は震えていた。

「無事でよかった。城まで壊すとは、ワシ等が成せんかったことを、よく……」

ラキトスさんの声が掠《かす》れている。

すごく心配してくれていたんだな――

「だって、私達、ラッキーな勇者様が愛した人の孫と、この世で一番ハッピーな勇者様だからね」

私がそう言うと、ラキトスさんは涙を浮かべたまま笑ったのだった。

私とハッピーは、しばらくの間、ここでラキトスさんと一緒に過ごすことにした。チビも里帰り

できたから元気いっぱい。

「やはりワシはシズカの言ったように幸運の持ち主だったのだな」

ラキトスさんはもう、一人っきりじゃない。私も、同じ大きなものを背負った苦労を知るハッピーも一緒だもんね。

祖母の夢の伝言も近いうちに伝えようと思う。

私は……もう、元の世界には帰らないかもしれない。

勇者としての役目を終えたハッピーは、一緒にルーテル中を旅して『扉』を探そうと言ってくれている。

ひょっとしたら、いつかは日本のどこかに繋がる『扉』を見つけて、帰ることができるかもしれない。

それでも今のところ、私には帰る気がない。

だって、ハッピーと違う世界に離れるなんて、もう考えられないもの。

両親に顔を見せるために地球とルーテルを行き来できるほど、『扉』が安定したらいいなと思っている。

『扉』を潜《くぐ》った私は不思議な世界に来て、いろいろなことを経験した。

冒険したり、戦ったり、素敵な人と巡《めぐ》り会ったり……案外、楽しく生きている。

いつかまた、他にも『扉』を潜《くぐ》って来る人がいるかもしれない。

その人にもいいことがあるといいな。
幸運の勇者と出会った祖母のように。
幸福の勇者と出会った私のように。

RC Regina COMICS
大好評
発売中!!
メイドから母になりました 1～3
原作 Seiya Yuzuki 夕月星夜
漫画 Asuka Tsukimoto 月本飛鳥
アルファポリスWebサイトにて
好評連載中!
メイドから母になりました 3
夕月星夜
月本飛鳥
転生して凄腕メイドになった元女子高生、
魔法世界で愛娘と楽しい職場見学!?
メイドから母になりました 2
魔法世
危険
メイドから母になりました
夕月星夜
月本飛鳥
異世
でき
シリーズ累計10万部突破!
子育てファンタジー
待望のコミカライズ!
異世界に転生した、元女子高生のリリー。
ときどき前世を思い出したりもするけれど、
今はあちこちの家に派遣される
メイドとして活躍している。
そんなある日、王宮魔法使いのレオナールから
突然の依頼が舞い込んだ。
なんでも、彼の義娘《むすめ》・ジルの
「母親役」になってほしいという内容で——?
アルファポリス 漫画
検索
B6判・各定価:本体680円+税

シリーズ累計
40万部
突破!!
RC
Regina
COMICS
詐騎士
1~4
SAGISHI
Presented by Kaitoko
Comic by Natsumi Asa
大好評
発売中!!
原作 かいとーこ
漫画 麻菜摘
アルファポリスWebサイトにて
好評連載中!
新感覚ファンタジー
待望のコミカライズ!!
ある王国の新人騎士の中に、一人風変わりな少年がいた。傀儡術《かいらいじゅつ》という特殊な魔術で自らの身体を操り、女の子と間違えられがちな友人を常にフォローしている。しかし実は、その少年こそが女の子だった！　性別も、年齢も、身分も、余命すらも詐称。飄々《ひょうひょう》と空を飛び、仲間たちを振り回す——。そんな詐騎士《さぎし》ルゼの偽りだらけの騎士生活！
魔物の襲撃に
立ち向かえ!
40万部突破!!
B6判 / 各定価：本体680円＋税
アルファポリス 漫画
検索

**まりの**
京都出身。2012 年より Web にて小説の発表を始め、2014 年に『魔界王立幼稚園ひまわり組』で出版デビューに至る。

**イラスト：くろでこ**

無《む》敵《てき》聖《せい》女《じょ》のてくてく異《い》世《せ》界《かい》歩《ある》き

まりの

2018年 7月 5日初版発行

編集－見原汐音・宮田可南子
編集長－塙綾子
発行者－梶本雄介
発行所－株式会社アルファポリス
〒150-6005 東京都渋谷区恵比寿4-20-3 恵比寿ｶﾞｰﾃﾞﾝﾌﾟﾚｲｽﾀﾜｰ5F
TEL 03-6277-1601（営業） 03-6277-1602（編集）
URL http://www.alphapolis.co.jp/
発売元－株式会社星雲社
〒112-0005 東京都文京区水道1-3-30
TEL 03-3868-3275
装丁・本文イラスト－くろでこ
装丁デザイン－ansyyqdesign
印刷－図書印刷株式会社

価格はカバーに表示されてあります。
落丁乱丁の場合はアルファポリスまでご連絡ください。
送料は小社負担でお取り替えします。

ISBN978-4-434-24796-5 C0093